わるじい慈剣帖（六）

おっとっと

風野真知雄

双葉文庫

目次

わるじい慈剣帖（六）

おっとっと

第一章　奇妙な博奕《ばくち》

一

今日も珠子《たまこ》の家に、後輩芸者の蟹丸《かにまる》が三味線《しゃみせん》と唄の稽古に来ている。

そのあいだ、愛坂桃太郎《あいさかももたろう》は、孫の桃子《ももこ》が稽古の邪魔にならないよう、おんぶして、近所を一回りする。

師走《しわす》になって、川っぷちも風が冷たい。なので、海賊橋《かいぞくばし》のたもとでそば屋をやっている大家の卯右衛門《うえもん》の家の庭で、兎や蟹と遊ばせることにした。桃子がまた、やたらと生きものが好きで、そこは桃太郎の血を引いたらしい。

蟹を一匹ずつ両手でつまんでいる桃子を見ながら、

「桃子ちゃん、歩くようになりましたね」

と、卯右衛門は言った。

「え？　なんで知っているのだ？」

卯右衛門には言ってなかったはずである。

「だって、昨日、そこの道で歩いてましたよ。珠子さんがいっしょでしたが」

「そうか。凄いだろう。もう歩けるのだぞ」

「ええ、早いですよね。まだ、生まれて丸一年は経ってないんですよね」

「まだだ。それなのに歩くなんて、この子は神童かもしれぬ」

「…………」

卯右衛門は、微妙な顔をしている。

言った桃太郎も、

「だが、なんの神童なのかな？」

と、首をかしげた。

「さあ、愛坂さまがおっしゃったことですから」

「若い娘になって、やたらとそこらを歩き回るようになっても困るしな」

「いまから、そこまで心配なさらずとも」

と、卯右衛門は笑った。

ひとしきり兎と蟹と遊んで長屋にもどると、今度は珠子が飼っている黒猫がいたので、桃子はそっちに気がいったらしい。

「にゃあにゃあ」

「うん。黒助《くろすけ》だ」

桃子が地面に下りたがるので、下ろしてやると、よちよち歩きで近づいた。その歩きっぷりがまた、桃太郎には可愛《かわい》くてたまらない。

「猫はおとなしく抱かれたりせんからな」

と、桃太郎は言ったが、桃子が寄って行っても嫌がることなく、身体をすりすりさせて甘えたりしている。

「桃子はやはり生きものに好かれるのう。人徳だな」

猫が懐くくらいで人徳もないものだが、桃太郎は本気である。

珠子の部屋からはまだ三味線の音と唄が聞こえている。今日の稽古はいつになく長い。

蟹丸の声だが、聞いたことがない唄である。

〽降る雪に

相合傘で行きましょか
なのに主《ぬし》さん
お前の分もと傘借りて
寄り添うこともできやせぬ
ええい、かなわぬ恋の夜寒やな

「どう、珠子姐《ねえ》さん？」

蟹丸が訊《き》いた。

「恋の唄なのね」

「唄は恋を題材にしないと、つまらないでしょ」

どうやら蟹丸の自作の唄らしい。

蟹丸は、珠子姐さんに倣《なら》って、あたしも自分の唄をつくりたいとは言っていた。それができ上がり、珠子に感想を求めたらしい。

「でも、これ、実感？　ほんとにあったこと？」

「実感とまでは」

「恋の唄ってのは、やっぱり実感からつくったほうが、胸を打つのよね。頭でっくると、どどこか絵空事《えそらごと》っぽいの」

「だって、愛坂さまが本気にしてくれないから」

蟹丸がいきなりとんでもないことを言い出したので、桃太郎は噎《む》せそうになった。すぐ近くにいるのを知らないで言っているのだ。

「あらあら」

珠子は困ったように笑った。

「あ、そろそろもどらなくちゃ。昼のお座敷に顔出さなくちゃならないんだった」

「まあ大変」

「じゃあね、珠子姐さん」

蟹丸がいきなり飛び出して来たので、桃太郎は逃げる暇もない。

「あら、愛坂さま」

「うむ、やあ」

「やあだ。聞かれちゃいました？」

「な、なんのことかな」

桃太郎はとぼけたが、

「本気ですよ」

そう言って、顔をくしゃっとさせ、蟹丸は小走りに長屋の路地を出て行った。

桃太郎は桃子を抱き上げて、珠子にもどしてやると、

「蟹丸は、寂しいんですよ。子どものころからけっこう辛い目に遭《あ》ってて、おとっつぁんが去年亡くなってるし」

と、言った。

「あ、亡くなったのか。ちらっとは、いろいろ辛いことがあったと聞いたのだが、わしは身の上話を聞くのはあまり得意ではないのでな」

「同情し過ぎるからでしょ」

「いや、まあ、そんなこともないのだろうが」

とは言ったが、じつは涙もろいところがある。いい歳をして、若い芸者の身の上話に涙したりしたら、みっともないことこの上ない。

「どうなるんでしょう」

と、珠子が言った。

「なにが？」

「おじじさまと蟹丸」

「どうもならん。なるわけがない」

「そうかしら」

「蟹丸はいくつだ？」

「去年、十七で芸者になったと言ってたから、十八ですよ」

「四十も違ったら、四十段ほど上った石段の上から飛び降りるようなことになるのさ」

　桃太郎は、自分に言い聞かせるみたいに言った。

　それから桃太郎は、増え過ぎて家の前にまで並べるようになった盆栽の手入れに熱中した。

　いったん帰って行った蟹丸がもどって来たのは、かがんでやる作業に腰の痛みを覚え始めたころだった。

　ふらふらと覚束《おぼつか》ない足取りでやって来た蟹丸は、さっきと同じ着物を着ているのに、まるで別人のようだった。顔色は青く、目の下に埃《ほこり》で描いたような筋ができていた。涙の跡だとは、桃太郎もすぐにわかった。

「どうした？」

「兄が……」

息を飲み込み、次の言葉が出ない。

「兄が？」

先を促した。

「殺されました」

そう言うと、蟹丸の身体が揺れた。

二

桃太郎はふらつく蟹丸を支えるように、珠子の家のほうに入れてやり、上がり口に腰を下ろさせた。異様な気配に、珠子はすぐに近寄って来て、蟹丸のわきに座った。桃子はハイハイして来て、珠子の背に縋《すが》りついた。

「確か、兄は二人いると言ってなかったか？」

と、桃太郎は訊いた。

「二人います。殺されたのは次兄のほうです。重吉《しげきち》といいました」

殺されたという言葉に、珠子が息を呑んだ。

「次兄か」

　次兄のほうも駄目な男で、蟹丸を吉原《よしわら》に売ろうとしたのは、この次兄のほうだと言っていた気がする。

「霊岸島《れいがんじま》の箱崎《はこざき》で、石で頭を殴られて、殺されたそうです」

「いつ？」

「昨夜」

「早いな」

　一夜明けたくらいで身元がわかるなら、かなり早い。

「報《しら》せてくれたのは、南町奉行所の雨宮《あまみや》さまの使いで」

「では、あいつが担当なのだな」

「そうみたいです」

「顔を確かめろとでも言ってきたのか？」

「いえ。それはもう確かめたみたいです」

「誰が？」

「長兄が」

　話によくわからないところがある。

　長兄は確か行方がわからなくなっていたのではないか。

「だが、あんたも会いに行くのだろう？」

桃太郎はさらに訊いた。

「調べが終わったら、母がいる家にもどすということなので、あたしはそっちに」

「そうか」

衝撃でいたたまれず、まずはここへ来たらしい。

「雨宮は重吉がそなたの兄だということを知っていたのかな？」

「さあ」

「まあ、いい。詳しくはあいつから聞くことにしよう。つらいだろうから、いまは何も話さなくてよいぞ」

泣きじゃくる蟹丸にそう声をかけ、世話を珠子に頼んで、桃太郎は殺しの現場だという箱崎町に行ってみることにした。

雨宮五十郎《ごじゅうろう》は、箱崎町二丁目の番屋にいた。

桃太郎が顔を見せると、人殺しのあった場所に来ているとは思えないような、だらしなく砕け切った笑顔を見せて、

「愛坂さま。もう蟹丸に聞いたのですか？」

そう言いながら、番屋から出て来た。

「うむ。ただ、泣きじゃくるばかりで、なにが起きたか、よくわからぬのだ。詳しい話はあんたに聞こうと思ってな」

「そうでしたか」

「遺体は？」

「もう、母親のところに運びました」

「そうか」

「仏のことはご存じで？」

「だいたいは、蟹丸から聞いていたよ。次兄で、名前は重吉だろう。働く気をなくして、遊んでばかりいたらしいな。それより、あんたはなんで、重吉と蟹丸の関係がわかったんだ？」

「じつは、重吉の野郎はこの近所の賭場《とば》に顔を出してましてね。それで、その賭場を仕切っているのが、重吉の兄の千吉《せんきち》っていうやつなんですよ」

「そういうことか」

兄が弟の顔を確かめ、身元を伝えたのだろう。

「千吉はここんとこ、箱崎界隈《かいわい》を仕切るくらいの、けっこういい顔になってましてね、そいつに重吉の血縁のことを聞いてわかったんです」

「千吉はやくざか？」

「売り出し中ですよ」

「ほう」

千吉がやくざになっていたのは、蟹丸も知らなかったのではないか。

「蟹丸ってのは、珠子姐さんといっしょにいるところを何度か見ていて、明るい娘だと思ってましたが、意外と可哀そうな境遇なんですね」

と、雨宮は同情するように言った。

「そうだな。それで下手人の見当は？」

「まだです」

悪びれることなく、「飯は食ったか？」に答えるような調子で、きっぱりと言った。

「そうか」

「いま、岡っ引きたちにいろいろ聞き込みをさせてるのですが」

「これという証言は出て来ないのか？」

「まあね。賭場にいたことはわかっているんです。それで、いつの間にか外に出て行って、帰り道にやられたみたいです。なにせ皆、脛《すね》に傷があるような野郎ばっかりですから、まあ、知っていても言いませんよ」

「だろうな」

「わたしは、バクチにまつわるいざこざが殺された理由だろうと睨《にら》んでいます」

雨宮は、鋭い推理を開陳《かいちん》するような顔で言った。

「ほう」

と、桃太郎は感心するような顔をしたが、賭場にいて、出たところをやられたのなら、バクチのいざこざ以外に考えられることはあまりない。

「ほかにはなにか？」

「重吉は串焼きを食っているところをやられてましてね」

「串焼き？」

「竹串にマグロとネギを交互に刺して、焼いたやつなんです。この一帯を回って、歩いて売ってる奴がいるんですが、品のねえ食いものですよ」

「品がな……」

いかにもうまそうではないか。品があるからうまいとは限らない。マグロは江戸っ子には人気がないが、桃太郎は大好きである。その串焼きは、タレにひたしたのか、それとも塩を振っただけか、気になるところである。桃太郎としては、甘ったるいタレをつけるより、塩だけでさっぱりと食いたい。

「それで？」

と、桃太郎は訊いた。それだけだったら、別に伝えてくれなくてもけっこうだった。

「やっぱり、昨夜なんですが、そっちの霊岸橋のたもとのところで、同じく串焼きを咥《くわ》えていた男が殺されました」

「ほう。同じ下手人だな」

と、桃太郎が言うと、雨宮は手をひらひらさせて、

「いやいや、違うと思いますよ」

「なぜ？」

「重吉はご存じのように、ろくに仕事もしねえでバクチばかりやってる遊び人でしょ。霊岸橋のところで殺されたのは、真面目な孝行息子のお店者《たなもの》です。通《とお》り一丁目の瀬戸物屋で通いの番頭をしてます」

「重吉とはなんの関係もないわけか」

「ええ。それに、重吉は石で頭を殴られて死んでましたが、向こうは斬られたんです」

「斬られた？」

まさか、辻斬りにでもやられたのか。それだと、下手人を見つけるのは大変だろう。

「でも、刀傷とは違うみたいです。ドスで突くのにしくじったけど、振り回したはずみで斬ったんじゃないですか」

「どこを斬られた？」

「わき腹です。かなり深々と」

「ふうむ」

「下手人が同じなら、凶器もいっしょになるはずでしょう」

「そうとは限らぬと思うぞ。まあ、それはいい。だが、その串焼きとやらを売っている男は怪しいだろう」

「それがまったく怪しくないんです」

「なぜ？」

「七十近い、貧弱な身体の爺《じい》さんでしてね。重吉もお店者も、立派な体格をしてるんです。とても、そんなことはやれそうもありませんよ」

「貧弱といっても、屋台を運ぶ力はあるんだろうが」

「屋台ったって、夜鳴きそば屋みたいな立派なもんじゃありませんよ。七輪と、あらかじめ串に刺した材料を入れたザルを持ち歩くだけですんで」

「ふうむ」

「爺さんの話は聞いたのか？」

「聞きました」

「手がかりになるようなことは言っただろう？」

「いや、とくには」

「雨宮。突っ込み不足だ」

じれったくなって、部下でもないのに、つい言ってしまった。

「でも、先ほど、うちの与力も見に来て、串焼きの爺いは関係ない、単なる偶然だと判断しましたのでね、おいらも与力の判断に水を差すことになるので、これ以上は、突っ込めませんよ」

「そうか……」

雨宮はやれなくても、桃太郎はやれるのである。

三

一度、長屋に帰ると、蟹丸はすでにいなくなっていた。

珠子が出かける支度をしていて、

「おじじさま。あたしは蟹丸の兄さんのお通夜に顔を出してきますので」

桃子をおんぶしていたので、連れて行くつもりだったらしい。

「うむ。桃子はわしが預かるよ」

「ありがとうございます」

珠子はおんぶ紐《ひも》をほどいて、桃子を下ろした。

「それと、これはわしからの香典《こうでん》ということでな」

桃太郎は巾着《きんちゃく》に手を入れ、一瞬迷ったが、小判を一枚出して、懐紙に包み、
珠子に渡した。

「いいんですか。蟹丸が喜び過ぎるかもしれませんよ」

「喜び過ぎる？」

「ますます本気になるかも」

「馬鹿を申せ」

桃太郎は慌てたように言った。

珠子が出かけて行ったあと桃子は眠ってしまい、桃太郎も付き合って眠ると、二人でぐっすり寝入ったらしく、起きるとすでに薄暗くなっていた。

「腹が減ったな。ちと早いが、晩飯にするか」

大家のそば屋に行き、桃太郎は桃子にそばを食べさせながら自分も食べた。

外へ出て来ると、七輪とザルを持った六十くらいの爺さんとすれ違った。

「ちと、訊ねる。箱崎町あたりで串焼きを売っているというのはあんたか？」

「へえ、あっしです」

この爺さんだった。

明日あたり、捜して話を聞こうと思っていたが、こんなに早くめぐり会えるとはついているではないか。

「家はこのあたりなのか？」

「すぐそこの長屋に」

同じ坂本町《さかもとちょう》の住人だった。

「それかい。串焼きってのは？」

ザルには上に手ぬぐいをかぶせてあるが、並んだ串が見えている。

「ええ、いかがです。精がつきますぜ」

「ここで、すぐ焼けるのか」

「焼けますとも」

そばを食ったばかりだが、見ると、二、三本くらいは腹に入りそうである。

「じゃあ、焼いてくれ」

「何本？」

「とりあえず二本もらう」

「わかりました」

七輪の炭をかき立てると、網の上にマグロの串を二本置いた。

マグロは大きめのぶつ切りだが、焼けると脂《あぶら》がぽたぽたと垂れる。その匂いは、ネギの匂いと混じって、なんともうまそうである。通りすがりの人たちも、鼻を鳴らして、こっちを見て行く。

焼きたてを口に入れる。

「これはうまいな」

「でしょう」

「そうでもねえんで。マグロってのは、どうも人気がねえもんで」

「流行《はや》るだろう?」

「こんなにうまいのにな」

「あっしは、脂っぽいところを使ってますでしょ。このほうがうまいんですよ」

「仕入れ値も安いわな」

安いというより、赤身のところ以外は、ただ同然のはずである。野良犬や野良猫の餌《えさ》になっていたりする。

桃子の口にも入れてやる。マグロはもちろん、ネギの柔らかいところも、おいしそうに食べる。

「ところで、昨夜、あんたの客が殺されたそうだな」

「よくご存じで」

「しかも二人」

「そうらしいです。でも、あっしは後で聞いたんで、殺されたところは見てねえんですよ」

「最初は遊び人ふうの客だろう」

「そういう客はいました。箱崎のところで。でも、その人がほんとに殺された人かはわかりませんよ」

「いや、間違いないだろう。そいつはどういう態度だった？」

「ご機嫌でしたよ」

「ほう」

「串焼きも褒《ほ》めてくれました。これで酒があれば、飲んでやるぜとか言ってました」

「なるほど」

「あ、でも、なんか、後ろの暗闇のほうを見て、急におとなしくなりましたね」

「それは妙だな」

「いま思えばね」

「それで、どうした？」

「これからどっちに行くんだい？　と、あたしに訊きましてね」

「なんて答えた？」

「霊岸橋を渡って、家のほうへ帰りますと。それで、串を咥えたまま、足早にいなくなっちまいました。殺されたってえのは、そのあとのことでしょ」

「それで、霊岸橋のところで、お店者らしい客が来たのか？」

「そうです。あの人はお得意さまでね。いつも五本ほど買ってくれて、一本は食べながら帰るんです」

「いつもと変わったようすはなかったのか？」

「ええ。あっしは気づきませんでしたね。もっとも、あっしは目がよく見えなかったりするんですが」

爺さんの目をよく見ると、右側の目が、白っぽくなっている。視界の半分は、濁《にご》った感じなのだろう。

「だが、一人目が殺されて、騒ぎにはなってなかったのかい？」

「あ、なってました。笛の音がして、町方の提灯《ちょうちん》が箱崎のほうに駆けて行ったりしてましたから」

「なるほどな」

串焼きがあんまりうまかったので、追加で五本焼いてもらうことにした。珠子の晩飯のおかずになるだろう。

もうもうと煙を出して焼きながら、

「かわいい赤ん坊ですね」

と、爺さんは言った。

「そうかい」

何度言われても嬉しい言葉である。

「娘さんですか？」

「孫だよ、孫」

「いやあ、旦那さんなら、まだまだご自分の子どももつくれそうだから」

「そうかね」

「あっしも、去年、娘ができちまいまして」

「………」

爺いも見かけによらないものである。

四

珠子がお通夜から帰って来た。

這《は》い寄って行く桃子を抱き上げて、

「おじじさまの香典を渡すと、蟹丸が感激してましたよ」

と、珠子は言った。

「額にだろう」

香典に小判は、やはり多い。

「いいえ、渡そうとしたら、言ったんです。やっぱり愛坂さまは、やさしくて頼りになるって。中身にはびっくりしてましたが」

「ふむ」

そう言われれば、男としては嬉しくないことはない。

「あたし、初めて聞いたのですが、蟹丸っておとっつぁんが五十のときの子どもだったんですってね」

「ああ、わしは前にそんなようなことを聞いたな」

「だとすると、ちょうど物心がつくころは、おとっつぁんはおじじさまくらいの歳だったんですよ」

「わしは父親がわりか」

それだとがっかりするのはなぜなのか。

「でも、父親に似た男に惚《ほ》れてしまう娘は多いですからね」

「そうかね」

と、今度は笑みを噛みしめる。

桃太郎は、自分でも蟹丸への思いはよくわからない。

珠子の家から自分の家にもどろうとすると、

「それと蟹丸は、まさか兄さんがやったのかしらって、悩んでました」

と、珠子は言った。

「疑うような理由があるのかな？」

桃太郎は、入口で立ち止まって訊いた。

「重吉は、盆茣蓙《ぼんござ》の勝負に参加させてもらえないって、怒っていたみたいです」

「なるほど。だが、なんでやらせなかったんだ？」

「母親から懇願されたそうです。あの子からバクチでむしり取るようなことはやめて欲しいと」

「そうか」

「千吉も弟からむしり取るわけにはいかなかったのでしょう。そのかわり、盆茣蓙以外の場所で、勝手にいろんなバクチをやるのは黙ってやらせておいたそうです」

「どういうバクチをやってたんだろうな？」

「さあ。でも、ほんとに千吉がやったんでしょうか?」

珠子は気になるらしい。それはそうで、実の兄が実の弟を殺したとあっては、蟹丸の心の痛手は相当なものになるだろう。

「それは、まだ何とも言えぬな」

と、桃太郎は言った。

なんだか、町方の事件に関わらざるを得なくなってきている。

「早く下手人が捕まるといいのですが、雨宮さまがご担当なんでしょう?」

「うむ」

珠子も雨宮が下手人をふん縛る姿は想像できないらしい。

だが、噂をすれば影である。

「愛坂さま」

と、後ろから声がかかった。

振り向くと、雨宮五十郎だった。いっしょに来たらしい岡っ引きと奉行所の中間は、路地の入口に立っている。

「どうした?」

「いやあ、調べが行き詰まってしまいましてね」

「まだ調べ始めたばかりだろうが」

「でも、うまくいくかどうかは、たいがい、ことが起きて半日のうちに決まるものなんですよ」

「まあな」

初動の調べと手配は、確かに肝心なのだ。

それでも行き詰まるには早すぎる。

「なにか、いいお知恵は？」

雨宮は縋るような目をした。同心の目ではない。芳町《よしちょう》の売れない男娼《だんしょう》の目である。

「串焼き屋の爺さんに話を聞いたよ」

と、桃太郎は言った。

「会えたのですか？」

「うむ。偶然にな。なんでも、家はこの近くらしいぞ」

「そうなんです。でも、殺しとは関係ないでしょう？」

「殺しに直接、関係はないが、お店者が殺されたのは、重吉のせいだな」

「どういうことです？」

「重吉は、爺さんにこれからどっちに行くんだと訊いたそうだ。すでに串焼きは買ってしまったのに、そんなこと訊くか？」

「じゃあ、何なんです？」

桃太郎はしばし考え、

「誰かが近づいて来た。そのとき、重吉は持っていたものを爺さんのザルに隠したのだと思う。七輪のほうは、隠すところなどないからな」

と、言った。

こういうときは頭の回転が速くなっている。

「隠した？」

「おそらくそれは、イカサマの種みたいなものではないかな」

「ははあ」

「それで、重吉を殺したが、持っていないのに気づいた下手人は、串焼き屋を追いかけた」

「ええ」

「霊岸橋のところで追いつき、見ていると、お店者がそれを見つけ、懐に入れた。下手人は近づき、それを寄越せと。お店者は、しらばくれるか何かしたのだろう。ぐずぐずできない下手人は、刃物でもって腹を切ったのだ」

すべて、たったいま考えたなりゆきである。証拠はなにもない。

が、ちゃんと辻褄《つじつま》は合っている。

「なるほど。ですが、そのイカサマの道具ってのは、何なんです」

「それはわからん」

「でも、それがわからねえと……」

雨宮はその先を言わなかった。

だが、桃太郎にもわかる。すなわち、単なる当てずっぽうでしかない。

「千吉が仕切っているという賭場に入ってみれば、わかるかもしれぬ」

桃太郎は、雨宮を見た。

「愛坂さま。わたしが潜入したいのですが、定町回りなどしてますと、連中には顔を知られてますので、しらばくれて探るなんてことはできませんよ」

「であれば、わしが行くよ」

「愛坂さまが」

「まずいか？」

「まずくはないですが、やくざの巣窟《そうくつ》ですよ。危ないです。こっちで下っ引きあたりにやらせますよ」

「それだと、臨機応変にはやれないだろう。ただの見張りならともかく、まだ、下手人の見当もついてないのだからな」

「しかし、賭場に入ってしまったら、なにが起きるかわかりませんよ。いくら元お目付でも勝手は違うと思います」

「ふん。賭場など、何度も入ったことがあるぞ」

「そうなので？」

雨宮は疑わしそうな顔をしたが、桃太郎は嘘など言っていない。旗本屋敷の中間部屋というのは、しばしば賭場として利用されている。渡り中間あたりが、裏から客を引き込んで、バクチをやらせるのだが、町方に踏み込まれることはないので、きわめて安全な賭場になるのだ。

しかも、なかには不良旗本当人が胴元になって、大きな賭場を開いていることもある。

桃太郎は、その現場をおさえるため、自ら遊び人ふうに変装して潜入したことは、何度もあったのである。

「桃の話は、嘘ではないぞ」

いつの間にか外に出て来て、話を聞いていた朝比奈留三郎《あさひなとめさぶろう》が言った。

「そうなので？」

「わしも桃といっしょに二度ほど潜入した」

「そうだったな」

「久しぶりに、わしも手伝うか？」

と、朝比奈は言った。

五

「お二人で賭場に？」

雨宮は呆《あき》れた。

「ああ」

「いまから？」

「善は急げだ」

「驚きましたな」

「別にあんたは手伝わなくともよいぞ」

と、桃太郎が雨宮に言うと、

「そういうわけにはいきませんよ。わかりました。わたしは岡っ引きたちといっしょに、賭場のすぐ近くに待機します。それで、身の危険を感じたら、大声を上げてください。すぐに踏み込みますよ」

「うむ。それでいい」

桃太郎と朝比奈は家に入り、さっそく遊び人を装うことにした。

まずは、夏物の浴衣《ゆかた》を引っ張り出した。師走だが、遊び人は暖かそうな恰好《かっこう》はしない。浴衣姿がふさわしい。袖口から、色の褪《あ》せてきた彫物の端っこでも見せたいところだが、生憎《あいにく》と彫物は入れていない。

ただ、浴衣一枚だと寒くてしょうがないので、パッチを穿《は》き、荒ごとを想定して、さらしの腹巻を多めに巻き、綿入れの半纏《はんてん》の上に、珠子から借りて、女物の羽織まで重ねた。

髷《まげ》はくしゃくしゃにして、ちょっと上向きにする。それと、大きめの爪楊枝《つまようじ》を咥え、わざと下品ぽく、歯をしいしいとせせった。

そんな桃太郎を見て、

「へえ」

と、雨宮は感心し、朝比奈のほうは、

「やっぱり、桃はワルだよなあ」

と、言った。

「留もなんとかならぬのか」

「遊び人ふうに見えぬか？」

「ああ、まったく見えぬ」

と、桃太郎は頭を抱えた。朝比奈も浴衣こそ着ているが、いったんだらしなく皺々《しわしわ》になるようにしていないから、やけにぴっちりしている。せいぜい、季節外れの花火見物くらいにしか見えない。

「桃と行ったときは、わしは中間に化けたのだ」

「そうだった」

「だが、いまは中間の衣装も、六尺棒もないしな」

「そうだな」

屋敷まで借りに行くのは時間が勿体《もったい》ない。

「尻でもはしょるか？」

「それでも駄目だ。やっぱり、あんたは老いぼれの浪人ということにしたほうがいい」

ということで、朝比奈はまた武士の恰好にもどった。

と、そこへ――。

「愛坂さま。その恰好はどうなさったのです？」

入口に蟹丸が立っていた。

「どうした、そなた。通夜の途中だろうが」

「だって、弔問客《ちょうもん》なんか来るわけないですよ。あんな、誰からもまともに相手にされなかった人ですもの」

確かにそんなものだろう。

母一人に早桶《はやおけ》一つの、寂しさの極みともいえるような光景が、頭に浮かんだ。

「だったら、なおさら妹がそばにいてやれ」

「いいんです。そんなことより、愛坂さま、なにをなさるおつもりで？」

「うむ。ちと、千吉の賭場に潜入してみようと思ってな」

「そんな」

「あんただって、下手人が捕まらなかったら、いつまでもすっきりせんだろう」

「あたしのために？」

そう言うと、蟹丸の目からつつっと涙が落ちた。

それを見た雨宮が、

「あらら」

と、慌てたようにそっぽを向いた。

「ところで、重吉からバクチの話を聞いたことはなかったか？」

と、桃太郎は蟹丸に訊いた。

「バクチの話？」

「花札が好きだとか、もっぱらチンチロリンだとか」

誰とどんなバクチをしていたかが、いちばんの手がかりになるはずである。

「そういえば、重吉兄さんは、どんなことでもバクチになるんだって自慢してたことがあります」

「なんだってバクチになる？」

「ええ。たとえば、夕暮れになって、西の空が赤く染まるか、染まらないかで賭《か》けができるんですって」

「ほう」

「通りの向こうを次に横切る人が、右から来るか、左から来るかでも賭けるんだそうです」

「なるほどな」

「しかも、天気のことをよく知っていると、夕焼けになる確率がわかるし、町の造りを知っていれば、どっちから来る人が多いかもわかるんだと」

「確かに」

「バクチってのは、頭を使えば勝てるものなんだって」

「ははあ」

「重吉兄さんは頭はよかったんです。使い道さえ正しければ、立派な商人になれたはずなのに……。でも、近ごろは、金が貯まったら、かんたんな肴《さかな》で飲める店をやりたいと言ってたらしいんですが、あんなことになって」

と、蟹丸はまた泣いた。

六

桃太郎と朝比奈は、賭場にやって来た。

箱崎町二丁目の川沿いである。

かなり大きな建物で、表向きはいちおう宿屋ということになっている。〈はな屋〉という宿屋らしくない看板も出ている。じっさい、泊まり客も取るようにしているらしい。

建物の裏には、小さいが船着き場もある。町方の手入れのときは、親分などはここから舟で逃げることもできるので、やくざたちからしたら、ここはいい賭場らしい。

ただし、誰でもここに入れるというわけではない。

その筋の、ちゃんとした紹介がないと入ることはできない。

そこは雨宮の伝手《つて》で、神田《かんだ》の赤井《あかい》の虎蔵《とらぞう》親分の紹介ということで入れてもらった。その虎蔵は、十日ほど前まで小伝馬町《こでんまちょう》の牢屋にいたのだという。

一階はふつうの宿屋である。何も知らない旅人が、ふつうにくつろいだようすでごろごろしていた。

二階に上がるとき、見張り役に紹介状を見せ、子分が上で確認を取って来てから、

「さあ、どうぞ」

と、上がることができた。

桃太郎と朝比奈が二階に上がると、子分から連絡が行ったらしく、

「東海屋《とうかいや》千吉でございます」

と、蟹丸の長兄が挨拶に来た。

東海屋というのは、実家が漆器《しっき》の店をしていたときの屋号なのか。いい男である。鼻が高く、口元がきりっと締まっている。蟹丸の面影《おもかげ》を探すが、特徴的な愛くるしさはかけらも見当たらない。酷薄そうな、端整な顔である。

「いや、挨拶はご無用に。虎蔵親分には無理を言って紹介してもらったんだが、まるっきりの堅気《かたぎ》なんだ」

と、桃太郎は笑いながら言った。

「ご冗談を」

よほどの大物と見たらしい。朝比奈はさしずめ用心棒か。

「ほんとうだ。今日はおとなしく見学させてもらうぜ」

「わかりました。勝手に遊んでくだせえ。ただ、客同士で賭ける場合は、何があろうと、あっしらは責任を持ちませんので、そのへんはお含みおきいただかねえと」

「わかったよ」

いちばん奥の大広間が、盆茣蓙を敷いた丁半《ちようはん》バクチの部屋になっているらしい。だが、いまは席がふさがっているという。

手前に六畳間が二つあって、あいだの襖《ふすま》は取り払われており、こっちにはざっと十五、六人の男たちがたむろしている。見るからにやくざというのもいれば、いいところの若旦那ふうの男もいる。たいがいは花札か、どんぶりにサイコロを転がすチンチロリンをしていた。

「どうするつもりだ、桃？」

朝比奈が小声で訊いた。

「うむ。しばらく様子を見ようや」

と、桃太郎は言った。

なにもせずにようすを見るというのも怪しまれるだろう。五人でどんぶりを囲み、サイコロを転がしているところに行き、

「チンチロリンだろ。二人、入れてもらえるかい？」

と、声をかけた。

「かまわねえよ」

というので、朝比奈と二人で輪のなかに入った。

この賭場の木札を使っている。一枚十文（二百円）らしい。これを一枚ずつ賭けながら、サイコロを転がしていく。ぞろ目が出たところで、それまで溜まった分を、総取りする。ただ、ぴんのぞろ目だと、三倍になるらしい。

儲けようなんて気はないから、適当にサイコロを転がしながら、部屋のようすを眺めるうち、一人の男に目をつけた。

その男は包丁を持っていた。先の尖った刺身包丁ではない。賭場でそんなものを出そうものなら、緊張が走るだろう。その男のは、四角いかたちの菜切り包丁である。料理以外に使い道はなく、誰も気に留めない。

男は、別の男を前にして、野菜を切っていた。

まな板とは言えないくらいの小さな板を敷いているので、トントントントントンと、いい音がする。包丁は使い慣れているらしい。

切ったのは、あらかじめカマボコ形に切ってある大根である。それが沢庵《たくあん》を切るみたいに等分になった。

すると、なにか言い合ったあと、等分になった大根を数え始めた。

「半だ」

という声が聞こえた。

すると、包丁で切った男は袂《たもと》からいくばくかの銭を渡した。

どうも、それでバクチをしているらしい。

さらにしばらく眺めてから、

「留、ちょっと」

「どうした？」

「あれ」

と、桃太郎は顎《あご》をしゃくった。

「あの、包丁で大根を切っている男か？」

「そうだ」

「こんなところで調理でもしているのか？」

「違う。あれはバクチだ」

「あんなものでバクチができるのか？」

「できる。しかも、インチキもできるはずだ」

チンチロリンは、一人に木札を二枚ずつ払って、抜けさせてもらうことにした。

そいつのそばにさりげなく近づき、さらにやることを見つめた。

男はまた大根を出し、トントンと切り始めた。

今度は、

「丁」

と、相手が言い、当たったらしく、包丁の男は、かなりの枚数の木札を相手に渡した。けっこう額の大きな賭けになっているらしい。

「ははあ。大根が何枚になったかで、丁半の当てっこをしてるわけか」

朝比奈もわかった。

「だが、あれでは丁半どっちかわかるよな」

と、桃太郎が言うと、

「どうやって？」

怒ったように訊いた。

朝比奈はそこまでは読めていない。

「トントンと切った音の数で、大根が何枚になるかわかるんだ」

「そうか？」

「いいか。こうなるんだ」

と、桃太郎はそこらから紙と筆を借りてきて、長方形の図に、切れ目を入れるようにしながら、

「ほら、こうやって、一回とか三回とか、半の数を切ると、大根の枚数は丁になる。丁の数を切れば、半になる」

桃太郎は、三つも四つも描いてみせ、

「な？」

「ほんとだ」

「つまり、トントンという数を数えれば、丁か半かはわかるんだ」

「だったら、それに気づけば、相手はぜったい負けぬわな」

と、朝比奈は不思議そうに言った。

「だよな。ところが、それがいざというときは違うんだ。わざと気づかせて、じつは違うという仕掛けがあるのだ。重吉はたぶんその手を使い、相手から大金を巻き上げた。その相手があいつだ」

「なんでわかる？」

「あれは重吉がつくったイカサマ用の包丁なのだ」

「イカサマ？　どうやって？」

「待て。いま、見破るからな」

そう言って、桃太郎はじいっと包丁の動きを見つめた。

「わかった。あの柄《え》のところに、大根の薄い一片を隠せるんだ」

「ほう」

「間違いない。下手人はあいつだ」

七

桃太郎は、その男の横に立った。

「おい、わしと勝負せぬか？」

「誰だ、てめえ？」

男は桃太郎を見上げ、不機嫌そうに訊いた。右の耳の三分の一がすっぱり切り取られ、左の眉半分も皮膚ごと削られている。何度も荒ごとを経験してきたことが、顔ににじみ出ていた。

「わしは桃太郎だ」

「桃太郎？　ふざけるな」

「ふざけてなどおらぬ。わしと勝負してくれ」

「いま、この人とやってるところだろうが」

男は相手を指差した。

「いや、おれはもういい。じゃあ、爺さん、替わるよ」

と、その相手はいなくなった。

「糞《くそ》。勝ち逃げされちまったじゃねえか」

「そんなことはいいから、わしと勝負だ」

「爺い、あんた、バクチなんかやったことあるのかい？」

「やったこと、あるかだと？　わしはやらねえバクチはねえ」

「見ねえ顔だがな」

桃太郎を疑わしそうな目で見た。

ここで逃げられたら、また遊び人の恰好でここへ来なければならなくなる。こんな似合い過ぎる恰好は、あまりやりたくない。

「わしは赤井の虎蔵の、昔からの友だちなんだ」

「ほう。虎蔵親分は元気か？」

「元気のわけがねえだろうが。何日か前まで、小伝馬町の牢にいたんだ」

「そうらしいな」

「今日は虎蔵の分までとことん勝たせてもらうぜ」

「それはわかったが、バクチはこれだぜ」

と、包丁と大根を見せた。

「面白《おもしれ》えじゃねえか」

さっそく始まった。

桃太郎は出目を読んだという顔をして、

「じれってえな。いっきに十両の大勝負と行こうじゃねえか」

と、息巻いてみせた。

「いいのかい」

男はニヤリとした。

トントントントン……。包丁で大根を切っていく。

桃太郎は数えた。

「丁」

「じゃあ、数えるぜ」

薄く切られた大根の枚数を数えていく。

「……二十二、二十三。半だ」

男は勝ち誇った顔で言った。

「それは違うだろう」

桃太郎はへらへら笑いながら言った。

「なに？」

すばやく手を伸ばし、男の包丁を取り上げた。

「なに、しやがる？」

「ここに入るんだ。ほら」

柄のところにわずかな隙間がある。ここへ、指を使って、切片を送り込んでしまう。

「うっ」

「外に出ようか」

桃太郎は静かな声で言った。

「誰だ、てめえ」

「重吉の知り合いの者だよ」

「誰だ、重吉ってのは？」

「この包丁の元の持ち主で、昨夜、お前が殺した相手だろうが」

「なんだと……」

男は桃太郎を睨み、

「いいだろう。外に出ようじゃねえか」

「その包丁も持って来なよ」

桃太郎は言った。

「爺い、けっこう命知らずだな」

「仲間がいるんでな」

男は朝比奈を見て、

「もっと爺いじゃねえか」

と、鼻で笑った。

外に出た。師走の風が、川の流れに沿うように吹きつけてくる。

思わずぶるっと震えた。早いとこ、カタをつけたい。

「お前は重吉のイカサマで、大損をした。あの賭場では払えず、証文《しょうもん》まで書いた。だが、なんかおかしいと跡をつけたんだ」

そう言いながら、向こうの闇を見た。雨宮たちが、そっと近づいて来るのが見えた。ここからの話はちゃんと聞いておいてもらわないと、何度も説明する羽目になる。

「それで、おれはどうしたと？」

「重吉は、ちょうど通りかかった店で買った串焼きを食っていた。お前は、すぐに声をかけず、ようすを窺《うかが》った。それから、串焼きの爺さんと別れた重吉の跡をつけ、呼び止めて、あらかじめ持っていた石で、殴り殺してしまった。ところが、持っているはずのお前が書いた証文も、なにかインチキ臭かった包丁も持っていない。さては、あの串焼きのザルに隠したなと気づき、跡を追ったんだ」

「面白ぇ話だぜ」

「お前は、次の客が重吉の隠したものを、そっと自分の懐に入れたのを見た。たぶん、箱崎のほうで起きている騒ぎと関係があると踏んだのだろう。爺さんがいなくなると、跡を追うように客に声をかけた。もう、隠すつもりもない。懐に入れた包丁と証文を出せと脅し、拒否されて取っ組み合いになり、奪った包丁で男の腹を切った。お前は二人も殺したんだ。とんでもない悪党だ」

「爺い、見てたのか？」

「見なくても、悪党の考えることはわかるんだ」

「へえ。それは、あんたも悪党だからだ」

「そうかもしれないな」

「じゃあ、金で見逃してくれそうだ」

「ハズレだ。わしは悪党だが、金では動かぬのだ」

「じゃあ、なんで動くんだ？」

「可愛い孫のためかな」

桃太郎がそう言ったとき、

「爺い。死ねや」

いきなり包丁で斬りつけてきた。

「おっと」

桃太郎は、軽く身体をひねってかわし、咄嗟《とっさ》に隣にいた朝比奈の刀を抜き、男の包丁を叩いた。包丁の刃が折れた。

「げっ」

男は目を剝《む》いた。

雨宮が、ようやく、

「てめえ、動くな神妙にしろ」

　と、飛び出して来たのは、そのときだった。

　霊岸橋の上に蟹丸がいた。空は雲がかかっているが、橋のたもとに常夜灯があり、蟹丸の表情まで見えるくらいだった。

　朝比奈は気をきかせたつもりか、

「わしは先に帰るぞ」

　と、蟹丸のわきを抜けて、闇のなかにいなくなった。

　桃太郎と蟹丸は歩み寄り、すぐそばで向かい合った。

「解決したぞ。下手人は捕まえた」

「愛坂さまのおかげで」

「まあな」

　蟹丸が桃太郎を見つめた。

　拝むような視線。それに感謝の念が混じっている。

　これほどの感謝の目で見られたことは、いままでの人生で一度もない。浅草《あさくさ》の観音さまだって、なかなかこういう目では拝まれないのではないか。

「いや、まあ、どうということは」

桃太郎は、もごもごと言った。

蟹丸の目がうるみ、つつっと涙が落ちた。

と同時に、すっと胸に縋りついてきた。蟹丸はそれほど背は高くない。髪が桃太郎の顎のところにきた。

「愛坂さま。大好きです」

蟹丸が囁《ささや》いた。

「あは、あはは」

笑ってごまかすしかない。

――これはまずいぞ。

桃太郎もどうしていいか、わからない。

第二章　橋を測る男たち

一

箱崎町の捕物が終わったあと——。

桃太郎と朝比奈は、卯右衛門のそば屋にやって来た。

賭場に行く前、軽く腹ごしらえはしたのだが、なんだかんだでまた腹が減ってしまった。先にもどっていた朝比奈を誘うと、

「わしは軽く飲む」

と、ついて来たのだった。

窓際の席に座るとすぐ、

「あのときはびっくりした」

と、朝比奈は言った。

「うん、わしも驚いた」

桃太郎もうなずいた。

「咄嗟のことか？」

「それはそうだ。あらかじめ、あんなこと、考えたりするものか」

「あれって、秘剣にならないか？」

朝比奈は、真面目な顔で訊いた。

「秘剣にな……」

自分でもよくあんなことがやれたと思う。

包丁を振り回そうとした男――あとで松蔵《まつぞう》という名だと聞いた――に、素手だった桃太郎は、隣にいた朝比奈の腰の剣を抜いて、斬りつけたのだった。

「素手だったら、相手はまず油断しているよな」

と、朝比奈は言った。

酒がきたので、朝比奈はかまぼこを肴に飲み始めている。

桃太郎は、自ら考案した花見そばをすすり、

「まあな」

と、うなずいた。

「隣にいるわしも抜く気配を見せていない」

「ああ」

「そのとき、桃がすうっとわしの剣を抜いて斬る。これはなかなかかわせないぞ」

「なるほど」

「このところ、秘剣の研究を怠《おこた》っていないか？」

「まあな」

言われてみればそうである。

「あの枯葉の剣を最強の秘剣にするつもりか？」

「そんなことはない」

だいたいが、あの秘剣は風が吹いているときでないと使えない。神経痛じゃないのだから、剣が気候に左右されては駄目だろう。

「よし、やってみるか」

とはいえ、すでに夜も更けていて、酒も少し入った。いろいろ動いて、いささか疲れてもいる。

稽古は明日からである。

「それと、興味本位で訊くわけではないがな」

と、朝比奈は声を低めた。

「わかっておる。何もないぞ。わしだって、この歳になったら抑えも利く。留が心配するようなことにはならん」

「いや、わしは別に心配はしておらぬ。だいたい、向こうは若くても芸者だろう。巷《ちまた》の娘とは違う。妾《めかけ》にしようがどうしようが、たいした問題にはなるまい」

「いや、わしはあの娘が芸者だからどうこうなんて考えぬ。芸者だって、一人の女だし、若い娘だ。恋というのは、誰にとっても大切なものだ。それゆえに、いい加減なことはせぬ」

桃太郎は自戒の念を込めて言った。

「そうか。それならよいが、でも、なんだか向こうのほうが桃に惚《ほ》れてるようにも見えるのでな」

「留にもそう見えるか」

「見える。やっぱり桃は、多少歳がいっても、おなごを魅《ひ》きつけるものがあるのかもしれぬな」

そんなことを言われると、やはり嬉しい。

さっきまでいた二人連れの客は、いなくなっている。

そろそろ店も閉めるころだろう。

桃太郎は、窓の障子を少し開けた。

外は、夜の闇。

さほど寒くはないが、雲が低く垂れ込め、いつ雪が降り出してもおかしくない。

「ん？」

目を細め、闇の向こうを見つめた。

「どうかしたか？」

「あいつら、なにをしているのだろうな？」

朝比奈も反対側の障子戸を開け、外を見た。

四人の男たちが、海賊橋の上でなにかしている。それぞれが、離れて立ち、しゃがんだり立ったり、あるいはなにやら話し込んだりしている。

「ほんとだ」

「この寒いのに、働いてるのかね」

二人が話していると、卯右衛門も調理場から出て来て、

「どうかしましたか？」

と、前掛けで手を拭きながら訊いた。

「あいつらだよ」

桃太郎が顎をしゃくると、卯右衛門は出入口の戸を少し開けて外をのぞき、

「ほんとだ。なに、してるんですかね」

と、言った。

「手に持っているのは紐か？」

その紐にはところどころ、目印らしきものがついている。

「あ、そうですね」

「長さを測っているみたいだな」

「なるほど」

紐を縦、横、斜めと渡して、印をつけたりしている。

「役人じゃないよな」

「違うでしょう。訊いてきましょうか？」

「ああ」

卯右衛門が出て行って、話しかけた。

丁寧な口調で訊いていて、相手も怒ったりする気配はない。

すぐにもどって来た。

「修復するらしいです。あの連中は、橋大工だそうでした」

「ふうむ」

「昼間は人が多いので、夜の作業にしたのだとか」

「なるほど」

確かに、長い紐は通行の邪魔になるかもしれない。

「この橋は、まだ新しいんですがね」

「誰か偉い人が通るのかもしれぬぞ」

「偉い人が？」

そういうことはある。上さまが日光《にっこう》に参拝するときは、途中、みすぼらしい橋などがあれば修理しておく。

「あるいは、大悪党が」

と、桃太郎は笑った。

大悪党が通るときは、なにか深い思惑があったりする。

二

翌朝——。

桃太郎は、魚市場で朝飯を済ませてもどると、下の朝比奈に声をかけた。

朝比奈はいつも朝飯を自分で炊いて食べる。味噌汁もつくる。桃太郎は、そういうことはできない。というより、したくない。それより、賑わう魚市場を見ながら飯を食ったほうが、楽しいし、楽である。朝比奈は、飯を炊くのは苦ではないし、一人で食うほうが気楽なのだそうだ。つくづく、正反対の性格だと思う。

朝比奈は今日も、しっかりと佃煮《つくだに》と味噌汁の朝飯を食べ終えたところだった。

「留。昨夜話した秘剣の稽古をするか」

桃太郎がそう言うと、朝比奈は、

「それなんだがな」

と、微妙な顔をした。

「どうした。やっぱり、やる気が失《う》せたか」

桃太郎は、不満げに言った。朝比奈が言い出した話なのだから、それはないだろう。

「じつはな、昨夜、考えたのだが、あのときは桃が遊び人で、わしは浪人に化けていたから、桃が刀を持たぬことが当たり前だった。だが、ふつうなら、桃も刀を差していなければおかしかろうよ」

「まあな」

「桃も刀を差していて、わざわざわしの刀を使うというのは、おかしくないか?」

「おかしいことは、おかしいな」

言われてみれば、そうである。

「だよな」

「だったら、そこはちょっと芝居を加えればいい」

桃太郎は、またも思いついた。

「芝居? なんだ、それは?」

「まず、わしは自分の刀で相手をするが、すぐに刀をはじき飛ばされてしまうのだ」

「なんと」

「相手は油断するわな。そこで、つつっと下がり、後ろにいた留の剣を抜いて、倒すというわけだ。どうだな？」

自分でも凄い思いつきだと感心する。

だが、朝比奈は、桃太郎が思うほど感心していない。

「ちょっと待てよ、桃」

「なんだ？」

「桃の剣がはじき飛ばされたら、相手は油断より先に、桃に斬ってかかるぞ」

「……………」

じっさいに斬られたような気がした。

「逆に、そうしないような抜《ぬ》け作《さく》が相手だったら、わざわざ秘剣など使う必要もないだろう」

「ほんとだな」

「だったら、この秘剣は役立たずだ。稽古はやめだな」

朝比奈は申し訳なさそうに言った。

だが、桃太郎はかんたんには引き下がらない。

「まあ、待て。どんな稽古もなにかの役に立つかもしれぬ。とりあえず、ちょっとやってみようや」

　というわけで、しばらく朝比奈の剣を抜く稽古に熱中したのだった。

　ひとしきり身体を動かし、うっすら汗をかいて、稽古を終えたところに、大家の卯右衛門が顔を出した。

「いやあ、参りました」

　と、卯右衛門は浮かない顔である。

「どうした？」

　桃太郎は、井戸端で身体を拭きながら訊いた。さすがに水は冷たく、汗はたちまち引っ込んでしまう。

「昨夜、どこかで家を建ててるみたいな音がしてましてね、それが気になって眠れなかったんですよ」

「家を建ててるみたいな音？　あの橋の上にいた連中が、なにかやってたんだろうよ」

「そうじゃないんです。あたしも最初はそうかと思って、戸を開けて確かめましたが、橋の上には誰もいませんでした」

「そうか」

「音はなんだか、空から降ってくるみたいでした」

「じゃあ、火の見やぐらの上でなにかしてたのか？」

「それも違ったんです」

「ふうむ」

「どうにか朝方には収まったので、少しだけ眠ったのですが、起きてから家の者や近所の者にも訊いたら、やっぱり聞こえていたと」

「じゃあ、工事をしていたんだろう」

神社か寺などが、急ぎでお堂だの祠《ほこら》だのを造ることもあるのかもしれない。

「いや、それでおかしいと訊いて回ったんですが、嫌なことを突き止めてしまいました」

「なんだ？」

「そっちの長屋で、最近、大工が一人、建築中の現場で、倒れた材木が頭に当たって亡くなったんだそうです」

「大工がな」

「その大工は、生真面目な性格でね」

「…………」

卯右衛門の話の方向が見えた。

「途中だった仕事に、さぞかし未練を抱いただろうと言うんです」

「それで？」

桃太郎は、うんざりしながら、先を促《うなが》した。

「つまり、化けて出ているのではないかと」

「そんな馬鹿な」

桃太郎は苦笑した。

「でも、長屋の者は皆、岩五郎《いわごろう》――大工はそういう名だったのですが、あいつならやりかねないと言うんです」

「じゃあ、あの世で家ができるまでつづくのか」

「それも困りますよね」

「気にしなきゃいいだろう」

と、桃太郎は冷たく言った。

「そういうわけにはいきませんよ」

「じゃあ、どうする？」

「探っていただけませんか？」

と、卯右衛門は手を合わせて言った。

「幽霊のしわざなら、わしが探っても、どうにもならんだろうが。祈禱師《きとうし》にでも頼め」

「いや、あたしも、三割から四割くらいは、そんな馬鹿なと思うんですよ」

「わしは十割方あり得ないと思うぞ」

「だったら、ぜひ。もちろん、お礼はさせていただきますので」

「そんなものは別に要らぬ」

卯右衛門のところには、桃子を連れて行ったりして、むしろ世話になっている。それくらいは、やってあげて当然だろう。

「わかった。とりあえず、その大工の長屋に行ってみよう」

と、桃太郎は手ぬぐいを路地の物干しに引っかけ、長屋の路地を出た。

三

その長屋は、豆腐屋のわきの路地を入ったところにあり、桃太郎のところからだと、路地二つ分ほど離れている。ただ、こっちのほうが、海賊橋には近い。

卯右衛門が先に路地を入って、

「そこです。その家です」

と、長屋のいちばん手前の家を指差した。

「え？　誰かいるようだぞ」

戸は閉まっているが、竈《かまど》を使っているらしく、煙が窓から出ている。

「倅《せがれ》が来てるんです。倅は船大工で、いつもは霊岸島のほうにいるんですが、こんとこはこっちに泊まり込んでいるみたいです」

「あんた、その倅からも話を聞いたのか？」

「ええ。おやじなら、幽霊になってもやりそうだと言ってました」

「そうなのか」

であれば、桃太郎が訊いても、同じことを言うだけだろう。

どうしようかと桃太郎が迷っていると、後ろから猫がやって来て、にゃあにゃあ鳴き始めた。首輪もないから、野良猫ではないか。

「どうした。腹が減ったのか？」

家のなかで声がして、腰高障子が開くと、なかから当の岩五郎の倅らしき若者が出て来た。

「ほら。煮干しをやるよ」

大きめの煮干しを一つかみ、猫の前に置いた。猫を見る目がやさしい。

それから、倅は突っ立っていた桃太郎と卯右衛門を見て、

「おや、さっきのそば屋の旦那」

と、言った。また来たのかという顔である。

「いや、なに、こちらのお武家さまも昨夜の音を聞いて、不思議がっていたので、あたしがこういうわけだとお教えしたのさ」

卯右衛門は嘘をまじえて弁解した。

「すみませんね。おやじは真面目過ぎる人だったので、やり残した仕事に未練があるんだと思います」

倅は桃太郎に頭を下げた。

「おやじさんは、いつ亡くなったんだ？」

「先月です」

「先月なのか」

もっと最近に亡くなったのかと思っていた。ずいぶん、のんびりした霊魂であ

る。

「四十九日が近づいてきて、急に焦り出したんじゃないかと思います」

「いや、そんなことは、あり得ないだろう」

桃太郎がそう言うと、

「あり得ますって。死んだおやじを知ってた人なら、皆、納得します。おやじのしわざに、間違いないと思います」

倅は自信たっぷりに言った。

「そうか」

それほどまでに信じているとなると、桃太郎もそれ以上は否定する気になれない。また、この倅がいかにも気持ちのやさしそうな若者なのである。

すると卯右衛門が、

「うん。あたしもそう思えてきたよ」

と、急に宗旨替えしたようなことを言った。

「おいおい」

桃太郎は呆れたが、

「それなら、あの世の工事が終わるまで、我慢してやるか。なあに、耳栓でもして寝りゃあいいだけの話だ。完成すれば成仏もするだろうしな」

卯右衛門はそれで納得したらしい。

だが、桃太郎の目は、別の人間を見ていた。

長屋のいちばん向こうの端から出て来て、岩五郎の倅に軽くうなずいた男である。この男には見覚えがある。

昨夜、橋の長さを測っていた連中の一人ではないか。

「じゃあ、愛坂さま、もどりましょう」

卯右衛門はそう言って、桃太郎にも帰るよう促した。

路地を出た卯右衛門は、

「すみません。ご足労をおかけして。いえね、やっぱりあの倅があんなふうに思うんだったら、間違いないような気がしてきたんですよ」

と言い訳して、そば屋に帰って行った。

だが、桃太郎は、なんとなくあの岩五郎の倅のほうも、海賊橋の上にいた連中の一人のような気もしてきた。いちばん向こう側にいたので、顔は見えなかったが、身体つきは似ていた気がする。

ということは、昨日の四人はやはり、橋の修復のために長さを測っていたのではないだろう。おやじの幽霊のせいにまでして、一晩中、なにか人に言えないような作業をやっていたのだ。

桃太郎は海賊橋のたもとに来て、横から橋桁《はしげた》などをじっくり見てみた。真下から見ないとわかりにくいが、細工の跡が窺《うかが》える気がする。

——いったい、なんのつもりだ？

卯右衛門は諦めたが、桃太郎のほうは、なんとしても連中の狙いを探ってみたくなっていた。

昼のあいだ、桃子を預かることになった。

昼飯は、おそばでも食べさせてやってくださいと、珠子は言っていた。

ただ、桃太郎は今日、そばよりもうどんが食いたい気分である。そばのほうが好きなのだが、たまにうどんが食いたいときがある。

卯右衛門に見られると、

「浮気ですか？」

などと嫌みを言われそうなので、新場橋《しんばばし》のほうを渡って、新右衛門町《しんえもんちょう》にあるうどん屋に来た。ここにうどん屋があるのは知っていたが、入るのは初めてである。

天ぷらうどんを大盛りにしてもらった。海老天も二本のところを一本追加した。桃子に食べさせると、けっこう食べてしまうので足りなくなるのである。

自分で一口すすると、次にふうふうして冷ましたやつを一本、桃子に食べさせる。ちゅるちゅるっと、上手にすする。いかにもうまそうに食べる。

見ていた店の女将が、

「かわいい赤ちゃんですねえ」

と、声をかけてきた。

「うむ」

桃子を褒《ほ》められた嬉しさに、顔がほころびそうになるのを我慢する。だらしない顔を見せるのはみっともない。

すると、意外なことを訊いた。

「お子さんですか、お孫さんですか？」

父親に見えるのか？　わしが？

「さて、どっちかな」

桃太郎は、とぼけた。

「あら」

「あんた、わしは幾つに見える？」

「旦那さんがですか？」

「遠慮しなくてよいぞ。五十前後。正直なところを言ってくれ」

「そうですねえ、四十八ってところですかね」

世辞でもないらしい。

「ほう」

「ほんとはお幾つです？」

「当たった」

「やっぱり」

桃太郎は嬉しくなって、

「釣りは要らぬ」

と、天ぷらうどん大盛り四十文のところを、百文銭を置いてしまった。

外に出て、

——そうか。わしは四十八に見えるのか。

と、桃太郎はにんまりした。

それだと、蟹丸とは三十歳違いとなる。

この違いは大きい。

四十歳も歳の離れた男女というのは、罪の匂いがする。人として、いや、生きものとして、そういう男女が結びついてはいけない気がする。天罰が下って、きっと早死にする。

しかし、三十歳の違いは、ぎりぎり許されるのではないか。

桃太郎は新場橋の上に立ち、水面を見下ろした。今日は潮の加減か、水面が穏やかで、上からのぞいている桃太郎の影が映った。

——四十八にしては、着物が地味かな。

と、思った。

もう少し、派手な色柄の着物を着てもいいかもしれない。

それだと、この着物でさえ四十八に見られたのだから、三十八は無理でも、四十三くらいには見られるのではないか。

すると、たった二十五歳の違いになってしまう。

――だとすると、それほど不自然ではないのかな。
など と、桃太郎はいつの間にか、ずいぶん虫のいいことを考えている。

四

翌日――。

桃太郎は久しぶりに駿河台《するがだい》の屋敷に帰って来た。

用事はある。牛の乳をもらわなければならない。なにせ家族は皆、牛の乳を嫌がって飲まず、飲むのは中間たちだけなので、余ってしょうがない。滋養のあるもので、捨てるなんてことはとんでもない。それで、こうしてときおり、桃太郎がもらいに来るのである。

一升《いっしょう》入る酒どっくりに一つと、竹の水筒二つに入れてもらい、帰ろうとして、

「そうだ」

思いついたことがあって、屋敷のなかに引き返した。

自分の部屋に行き、簞笥《たんす》を開けると、若いときに着ていた着物を引っ張り出した。ふつうなら、倅に譲るのだが、仁吾《じんご》は、

「父上の着物は派手過ぎて着たくない」

などと言って、もらわずに置いたままだったのだ。

ひとしきりかき回し、

「これがいいか」

と、取り出したのは、赤と青の色がふんだんに使われた蝶々柄の着物である。ちょっと胸のところに当ててみる。これを着ていた当時、築地《つきじ》の明石町《あかしちょう》にあった料亭の女将から、

「よく、お似合いです。松本幸四郎《まつもとこうしろう》みたい」

と、歌舞伎《かぶき》役者の名まで出して褒められたのを思い出した。

——四十一くらいに見えるかな。

妄想がだんだん若くなっている。

そのとき、突然、

「お前さま」

後ろから声がかかったので、

「うわっ」

びっくりして、持っていた着物も放り出した。

妻の千賀《ちか》が、変に静かな顔つきで桃太郎を見ていて、

「それは？」

と、桃太郎が持っていた着物を指差した。

「こ、これはわしの着物だろうが」

「質に入れるほど、こづかいに困っているのですか？」

「そうではない。ちと、知り合いに貸してくれと頼まれたのでな」

「ふうん。知り合いですか。その方はお幾つです？」

「わしの同僚だったやつだから、五十代後半だろうな」

「そうなの。まさかねえ」

と、千賀は腐った豆腐でも見るみたいな、嫌な目つきで桃太郎を見た。

「なんだ、その目は？」

「いえ。もしかしたら、若く見られたいようなことでもおありなのかなと思って」

そう言ってから、ふっと、短く笑った。

「ば、ば、馬鹿なことを言うな」

両手が意思に反して、ぱたぱたと動いた。

「なにを、そんなに慌てているんですか？」

「年寄りをからかうのはよせ。わしは近ごろ、神経痛がひどいのだ。あ、痛たた」

桃太郎は、腰に手を当てながら退散しようとした。

その背中から、

「お前さま。着物」

「ええい、寄越せ」

それはちゃんと受け取った。

桃太郎は、屋敷からもどると、岩五郎の倅たちの計画を探るため、もう一度、長屋に行ってみることにした。ついでに、持ってきたばかりの着物に着替えてみる。

長屋に行くと、岩五郎の倅は、ちょうど長屋の住人といっしょに出かけるところだった。昨日、うなずきかけた若者である。

桃太郎は、襟巻《えりまき》で顔半分を隠すようにして、二人の数間あとをつけて行く。

「岩吉《いわきち》、おめえも次の船出のときは、いっしょに行こうぜ」

「行けるのかい？」

「もちろんだ。だいたい、ここんとこ人手が足りねえんだ」

「でも、おれは船を造ることはできても、操ることはできねえぜ」

「なあに、見習いってことで乗り込めば、すぐに覚えちまう。だいたい船大工なら、いっぺんくれえ航海を体験したほうがいいんじゃねえのか」

「そら、そうだ。うん。鱒蔵《ますぞう》がいっしょのときに乗っておくのはいいかもな」

そんなことを話している。

岩五郎の倅の名が岩吉で、もう一人は鱒蔵という名であることもわかった。話しているようすでは、鱒蔵という若者も善良そうに見える。

二人は霊岸橋を渡って、しばらく行ったところで、足を止めた。大工の仕事場の前である。

「おう、できてるな」

と、岩吉は言った。

角材にかんなをかけていた若者が立ち上がり、横を見て、

「できてるさ。二日でつくれと言われたら、おれはつくるんだ」

「うん。あんたの仕事は早い」

「だが、何するんだ、こんなおかしなもの」

と、若者が示したのは、一間半四方ほどの木製の台である。その下部の四隅に、車輪がつけられている。この台は、転がすことができるのだ。

それとは別に、一間四方くらいの大きな桝《ます》みたいなものもある。そっちは風呂にでもするのだろうか。

「それは内緒だ。知らないほうがいいぜ。あとで取りに来るからな」

「おい。盗みの片棒を担がせる気かよ」

「へっへっへ」

岩吉はそれには答えず、鱒蔵といっしょにさらに大川《おおかわ》のほうに向かった。

大川の岸に出た。そこは、稲荷河岸《いなりがし》と呼ばれる。もう少し南に行くと、新川《しんかわ》がたあり、酒樽を積んだ船が多く出入りするが、このあたりは沖に停泊した大型船とのあいだを行き来する艀《はしけ》が多い。

鱒蔵は、河岸を見回してから、近くにいた荷揚げ人足らしき男に、

「向こうの北前船《きたまえぶね》と往復している艀は来たかい？」

と、訊いた。

「もう、そろそろじゃねえか」

と、人足は答えた。

鱒蔵と岩吉は、河岸の段々に腰をかけ、艀の来るのを待っているらしい。

桃太郎も、ちょっと離れたところで、二人を眺めるうち、

——もしかして……。

と、悪事の場面を思い描いた。

北前船からの荷物は、海賊橋の上を通ることになっている。それで、来たときに荷車ごと下に落ちてしまうような仕掛けをほどこしてあるのだ。落ちた橋の一部と荷車は、しょせん木製だから、川に落ちても浮く。そのまま舟にして下流に逃げてしまう……。

ただ、それだと橋には穴が開いたままになる。そこで、さっき見た台車が使われるのだ。

おそらくあの台車は、そのますぽっと空いたところに嵌《は》まるのではないか。

そして、用意されている贋《にせ》の荷車が、目的地に向かって動き出す。

荷物が盗まれたことは、着いてから気づく。入っているはずのものが空っぽになっている。

そんな奇妙なことが——と、皆、驚くだろう。船荷が神隠しに遭ったと。だ

が、真相はそういうことなのだ。

岩吉と鱒蔵が立ち上がった。艀がやって来たのだ。

ほかにも岸にいた荷揚げ人足たちが近づいて行く。たぶん、この先には艀が接岸できるところはなく、ここから荷車で持って行くのだろう。

艀から荷物が降ろされる。その作業を、鱒蔵はもちろん、岩吉も手伝った。

一通り降ろし終え、

「これでぜんぶか?」

と、荷揚げ人足の頭《かしら》らしき男が訊いた。

「いや、まだ、あと一つあるんだ」

鱒蔵が答えた。

「早く持って来いや」

「そっちは夜になってから運ぶんだ」

「なんでだ?」

「揺らさぬようそおっと運ぶんでな。人がいるうちだと、通行の邪魔になるんだよ」

「なんてこったい」

荷揚げ人足は面倒臭そうに言った。

「いいんだ。それはおれたちが運ぶから」

と、鱒蔵が言うと、人足はよかったというように笑った。

このやりとりを聞き、桃太郎は、

——やっぱりそうだ。間違いない。

と、確信していた。

五

だが、桃太郎はなにか釈然としない。

本当にあいつらは泥棒なのか。どう見ても、悪党には見えない。あいつらが善良な庶民でなかったら、善良な庶民はどこにいるのだ。

桃太郎は思い切って、直接訊いてみることにした。

まだ河岸に立っている二人に近づき、

「最初に言っておくがな」

と、話しかけた。

「は？」

二人は怪訝《けげん》そうに桃太郎を見た。

「わしは、そなたたちのしようとしていることを邪魔するつもりはない。さらに、誰かに密告するつもりもない。ただ、わしの推量が当たっているかどうかを確かめたいだけなのだ。それはよいな？」

「はあ」

「わしは、二日前の晩、海賊橋のたもとのそば屋で、四人の男たちが橋の寸法を測っているのを見た」

桃太郎がそう言うと、二人は顔を見合わせ、しまったという顔をした。

「それから、次の日の朝、そば屋のおやじが来て、昨夜、大工仕事の音がして眠れなかったと言った。おやじはなんなのか調べたら、岩吉、あんたのおやじの幽霊のしわざだと聞いたそうだ。わしは、そんな話は信じない」

「そうですよね」

と、岩吉は苦笑した。

「じっさい、橋の横から見てみると、橋に細工したような跡があった」

「見えちまいましたか」

と、鱒蔵が顔をしかめた。

「それで、今日になってそなたたちの跡をつけると、途中で台車を注文したことを知り、ここへ来て、北前船からの荷揚げにあんたたちが関わっていることを知った」

「旦那は町方の人で？」

と、警戒したように訊いた。

「そうではない。以前は、武士の不正を探るような仕事をしていたが、いまは隠居の身だし、町方の仕事もしておらぬ」

桃太郎がそう言うと、二人はホッとした顔をした。

「そんなところから、わしが推測したのはな……」

と、さっき考えたことを話し、

「それで、荷物は空になって届けられるが、橋は元のままだし、なにが起きたかもわからない。荷物の神隠しみたいなものだ。どうだ、そういう計画ではないのか？」

桃太郎はいくらか強い調子で質《ただ》した。

「当たりです」

と、鱒蔵が言い、

「やっぱ、おやじの霊魂など持ち出したのが失敗だったかなあ」

と、岩吉は顔をしかめた。

「そうか。当たったか」

と、桃太郎は言ったが、当たったからといって嬉しいわけではない。

「たいした洞察力ですねえ」

「ただ、わからぬことがある。それをやれば、盗みだわな」

「盗みと言えば盗みですかね」

鱒蔵は頭を掻《か》いた。たいして悪びれたようにも見えない。

「しかし、わしにはそなたたちが、盗みなどするようなやつらには見えないのだ。そなたたち、いったい、なにをしようとしているのだ？」

と、桃太郎は心底、不思議な気持ちで訊いた。

鱒蔵は岩吉を見、岩吉がいいだろうというようにうなずくと、

「じつは、生きものなんですよ」

と、言った。

「生きもの？」

「蝦夷《えみし》の海にいる生きもので、蝦夷の民はラッコと呼んでます」

「ラッコ？　知らんな」

「ええ。江戸の人はほとんど知りません。まれに奥州《おうしゅう》あたりの海でも見かけるんですが、これを捕まえて水槽に入れてきたんですよ」

「それは魚なのか？」

南国の海で、色鮮やかな、世にも美しい魚を見たことがある。そういう魚なら、財宝扱いされても不思議はない。金にすれば、数千両もするだろう。

「魚じゃありません。ここらにいる生きものだと、カワウソなんかに似ています」

「そんな生きものをわざわざ蝦夷から運んだのか？」

あんなもの、そこらの川で見かけても、捕まえようなんて、誰も思わないだろう。

「とあるお大名が、珍しいものが好きで、珍品集めが道楽なんです」

「ああ、そういうのはいるよな」

旗本にもいた。人間、暇と金があると、珍しいものを集めたくなるらしい。

「このラッコってえのは、とにかく可愛い生きものでしてね。つぶらな目と、開いたときの口の可愛さときたら、思わず微笑んでしまうくらいです」

「ほう」

「しかも賢くてね。餌付《えづ》けなどしてやると、寄って来て、なついたりもするんです」

「なつくのか」

「もうね、そのときのしぐさの可愛らしさといったら、人の赤ちゃんに匹敵するくらいですぜ」

「なるほど」

確かに、それは想像しただけでも可愛い。

「ところが、このラッコってえのは、あんまり丈夫じゃないんですよ」

「ははあ」

「いくら海の水を入れておいたって、陸じゃあすぐに腐ってくるし、餌だってふんだんには揃えられっこないんです」

「すぐ死んでしまうわな」

「ええ。あっしらは、馬鹿なお大名の道楽で、すぐに死んでしまうなら」

「逃がしてやろうというわけか」

と、桃太郎は手を打った。

「そういうことで。それで、あっしは江戸湾に入るとすぐに幼なじみの岩吉のところに行って相談し、旦那が見破った手で、ラッコを奪還しようとなったわけです」

「わかった。そういうことなら、ぜひ、わしも協力したい」

と、桃太郎は感激して言った。

それは悪事ではない。立派な行いである。

「え？　よろしいので？」

思わぬ申し出に、岩吉は逆に警戒の念を抱いたらしい。

「ただ、そなたたちの計画には、粗漏《そろう》がある」

「粗漏？」

「うむ。計画が荒く、水漏れでもしそうなところだ」

「どこらへんでしょう？」

「まず、そなたたちは、荷物をあの橋の上からまっすぐ川に落とそうというのだな？」

「ええ」

「運ぶのは全員、仲間か？」

「違います。仲間は二人で、あとの二人はなにも知りません。それこそ、計画を話したら、密告もしそうなやつらです」

「それだと、運んで来た連中は気づくわな」

「替えの荷車を用意しておき、二人が気づかないうちに取り替えるようにするんです」

「どうやって？」

「いったん荷車を止めるため、橋のたもとに大きな石を置いておきます。それを動かさないと、荷車も通れないわけです」

「そうか。だが、橋から真下に落としたら、水しぶきなどが上がって、凄まじい音がするだろうよ」

「そこは、なんとか口先でごまかすつもりです」

「それは無理だ。激しい音がして、口先でごまかすなんてことは絶対に無理だ」

桃太郎は強い口調で断定し、

「しかも、方々から人が出て来て、大騒ぎになるぞ」

「では、どうしましょう？」

「そおっと降ろすのさ」

「そおっと？」

「うまく縄をつけておき、それでゆっくり降ろしてやるのさ」

「ははあ」

「四方に縄をつけたとして……だが、荷車には水槽が載っているんだよな？」

「ええ」

「すると、かなりの重さだろうから、四人では無理か。八人はいるな」

「無理です。そんなに人はいません」

「わしと仲間で手伝うさ」

「大丈夫なので？」

「ああ」

桃太郎は、蘭学者の中山中山《なかやまちゆうざん》たちに声をかけるつもりである。いまは、彼らを見張るような連中もいなくなっていて、新川の酒問屋の蔵を借り、エレキテルの研究にふけっている。桃太郎の頼みなら、間違いなく引き受けてくれるだろう。

「それと、気になるのは、その空の水槽を届けたとき、ラッコがいなくなっていたら、そのお大名は怒るだろうが」

「怒られても、知らぬ存ぜぬで通すつもりです」

「そう都合よくはいかぬ。そういう、ものにこだわるような人物は、執念深いところもある。そなたたちは、無事では済まないかもしれぬぞ」

「……」

鱒蔵は、さすがに不安げな顔になった。

「そうだ。替わりの水槽のなかに、ラッコに似た大きさの石を入れておけ」

「石を？」

「それで、そなたたちは何も言ってはいかんぞ。ただただ不思議がっていればよい。すると、大名のほうが勝手に、ラッコが石になったのか、やはり海を離れると生きていけぬのか、などと自分で解釈する。この、自分で解釈させるというのが大事だぞ。そう思い込んでしまえば、もう、そなたたちを責めることもない」

「なるほど」

「もう一つ、その芝居を完璧なものにするのに、町方の同心も登場させよう」

「え？　それはまずいでしょう」

「なあに、わしの知り合いで、気のいいやつがいる。そいつをうまく使って、ただ、そこにいるだけにしておけば、怪しいと疑ったりもしなくなる」

桃太郎が授けた策をもう一度、検討し、

「こう言っちゃなんですが、お武家さまはたいしたワルですぜ」

鱒蔵はつくづく感心して言った。

六

計画は、この夜のうちに実行された。

すべて、うまく行った。

ヒヤリとすることもなく、万事、順調に推移した。

それは、予定より大勢の人間が、応援に駆けつけてくれたからだろう。

中山中山に相談すると、

「愛坂さまのおかげで、無事に研究をつづけていられるのですから」

と、塾の仲間を二十人も連れてきた。しかも、皆、頭のいい連中で、一度説明しただけで万事飲み込み、見事な連携まで見せてくれた。

水槽を載せた荷車は、切り取ってあった橋の羽目板ごと、そおっと下に降ろされた。若い者が十二人で降ろしてくれたので、じつに静かなものだった。また、橋の修復でも、それまではなかった金具が使われたりして、かえって頑丈になったほどだった。

替わりに台車をつけられた贋の荷車が登場した。水槽のなかには、ラッコと同じ大きさの石が二つ入っている。

橋のたもとにあった石が避けられた。ここでは、南町奉行所の雨宮五十郎が登場してくれて、

「まったく、こんな大きな石を落っことして気づかぬやつは、どれほど間抜けなんだろうな。呆れるぜ」

などと、ほとんど科白《せりふ》のようにぴったりの文句を言ってくれたのだった。

こうして、なにも知らない船乗り二人と、知っている鱒蔵の仲間の船乗り二人は、ともに贋の荷車を引いて、夜のなかに消えて行った。大名家の名は聞かなかったが、呉服橋《ごふくばし》を渡った先のお濠《ほり》のなかに、そのお屋敷があるらしかった。

荷車を見送った桃太郎は、

「さて。ラッコにお別れだ」

と、言った。

鱒蔵にはさんざん感謝された桃太郎だが、鱒蔵たちに一つだけ、頼みを聞いてくれと頼んでいた。それは、

「桃子というわしの孫に、そのラッコとやらを見せてやってくれぬか」

というものだった。

鱒蔵たちは、喜んで申し出を承知してくれていた。

珠子に抱かれた桃子は、卯右衛門のそば屋のなかで待機していたが、桃太郎が呼ぶとすぐにやって来て、三人で下流のほうに向かった。

茅場河岸の中で鱒蔵や岩吉たちが待ってくれているはずである。

「愛坂さま。ここです」

闇のなかで鱒蔵の声がした。

「おう、すまんな」

「その赤ちゃんですか」

「うん。生きものが大好きみたいでな」

「だったら、喜びますぜ」

鱒蔵はそう言って、水槽の蓋《ふた》を開けた。

暗いけれど、岩吉が提灯の明かりを向けてくれたので、その姿もはっきり見る

ことができる。

二匹の小さな生きものが、水槽のなかに浮かんでいた。

「ほう」

桃太郎も驚いたが、珠子に抱かれていた桃子が、目を丸くし、踊るように手足を動かすのがわかった。

「桃子、かわいいなあ。これが、ラッコだとさ」

「あっこ、あっこ」

と、桃子が言った。

「可愛いでしょう」

と、鱒蔵は言った。

「ほんとに可愛いのう」

「もっと可愛いところをお目にかけますぜ」

鱒蔵はそう言うと、持っていた桶から貝をすくい取り、水槽のなかにじゃぶじゃぶ投げ入れた。

すると、二匹のラッコはすぐに底のほうへ潜り、貝を拾って上がってきた。

「あんな硬い貝なんか食えるのか?」

「まあ、見ててください」

よく見ると、貝のほかに石も持っている。

ラッコはあおむけになり、腹にその石を載せると、両手で貝をつかみ、
カチカチ。

と、貝を石にぶつけるようにし始めたではないか。

「え」

これには、桃太郎だけでなく、珠子も桃子も目を瞠《みは》った。

カチカチカチカチ。

音がつづいた。すると、貝が割れ、ラッコはその中身をぺろりと口に入れた。

「割って食うのか？」

桃太郎は驚嘆して訊いた。

「そうなんですよ。賢いでしょう」

「ほんとに賢いのう」

猫が本を読んでいても、こんなには驚かないのではないか。

「賢くて、可愛いんです。こんな生きものを、お大名のくだらぬ道楽のために、
むざむざ死なせられますか」

「まったくだ」

桃太郎たちは、ラッコ二匹が、投げられた貝をすべて石を使って割り、食べてしまうのを見た。

「こいつらは、けっこう大食漢でしてね。とても、海から離れた大名屋敷の庭でなんか育てられるものじゃありません」

と、鱒蔵は言った。

「だろうな」

広い大海原こそ、この愛らしい生きものたちの住処《すみか》なのである。

「さて、そろそろ舟にもどります」

鱒蔵は、申し訳なさそうに桃子を見て言った。

その桃子は、水槽に手を伸ばし、ラッコに触れようとした。すると、ラッコのほうでも桃子に手を伸ばし、その手に触れてくれたのである。しかも、二匹のラッコが交互にである。

「なんということだ」

桃太郎は、感動のあまり、泣きそうになってしまった。珠子などは、外聞も気にせず、顔をくしゃくしゃにして泣きじゃくった。

「ああ。桃子、ラッコたちとお別れだと」

「あっこ、あっこ」

「うん。せっかく仲良くなれたのにな」

舟が岸を離れて行く。

「ラッコ、さようならって」

桃太郎が桃子の手を取って、舟に向けて振ってやると、

「あっこ、あっこ」

桃子はべそをかいてしまった。

「いいもの、見せてもらったね、桃子」

と、珠子は言い、さらに、

「おじじさま、ありがとうございました」

桃太郎に頭を下げた。

「なあに、たいしたことじゃない。さ、帰るぞ。風邪をひいたら大変だ」

桃太郎は、河岸の段々を上がりながら、まだ遠くに見えている舟を振り返って見た。

ほんとに可愛い、奇妙な生きものだった。

だが、あの生きもののことを、桃子はいつまで覚えていられるのだろうか。たぶん、ひと月もしないうちに忘れてしまうのではないか。

それでも、ふだん見られないものを見せてやることは、桃子の心になにがしかの刺激を与えたはずである。そして、そうした積み重ねが、桃子が賢い娘に育つ手助けになってくれるのではないか。

それは単なる勝手な期待なのかもしれない。それこそジジ馬鹿と揶揄《やゆ》される類《たぐい》の愚行だったのかもしれない。

だが、それでもラッコを見たときの、桃子の感激したような愛くるしい表情が見られただけで、桃太郎は大満足だったのである。

第三章　神さまの盆栽

一

桃太郎が桃子のようすを見に珠子の家に顔を出すと、

「あら、愛坂さま」

蟹丸がいた。

今日は稽古のない日だと思っていたが、

「ちょっと珠子姐さんに相談があって、いま来たところなんです」

とのこと。

その声に屈託がある。

「では、わしは遠慮する」

「いえ、愛坂さまにも聞いてもらえたら嬉しいんですが」

懇願するように言われた。

かなり困ったようすである。

「どうかしたのか？」

桃太郎は、つい訊いてしまう。

「じつは、昨夜、兄に呼ばれたんです。というか、お座敷がかかって、行ってみたら、長兄の千吉だったたんです」

「ふうむ」

「それで、もう一人、お客がいて、そちらは鎌倉河岸《かまくらがし》の佐兵衛《さへえ》親分と紹介されました。親分ていうから、岡っ引きかと思ったら、そうではなく、やくざの親分でした」

「なるほど」

「それで、これからはこちらの親分ともども、お前にはいろいろ助けてもらわなきゃならねえと、そんなことを言うんです。あたしは、なにを助けるんですか、こんな一介の芸者風情《ふぜい》に、お助けできることなんかありませんよと、そう言いました。すると、兄は、そんなことはねえ、おめえは日本橋でも指折りの売れっ子だ、いろんな客の相手をするだろうがと」

「それはそうだよな」

「なかには、幕府のお役人もいるだろうし、江戸の豪商だっているはずだ。そういう人に顔をつないでくれるだけでもいいし、誰と誰が仲がいいとか、こんな商売の相談をしていたとか、そういうことを教えてくれるだけでもいいんだと。でも、あたしは言いました。お座敷での話は他言しないのが芸者の掟《おきて》だし、あたしはやくざの手伝いなんかご免ですよと、はっきり言いました」

「よく言ったわね」

珠子は褒めた。

「それで、納得したのか？」

と、桃太郎は訊いた。

「納得なんかしませんよ。やくざの手伝いじゃねえ、おれは箱崎の宿屋が繁盛していて、今度は人形町《にんぎようちよう》で二軒目の宿屋を始めるんだと。それに佐兵衛親分だって、船荷を扱う運送業という立派な仕事をお持ちだ、お前にもいい客をどんどん紹介してやるぞと、こっちの言うことなんかまるで聞きません」

「なるほどな」

桃太郎も、その千吉とは一度、話をしている。どことなくしれっとして、なかなかしたたかそうな男だった。

「でも、ぜったいろくでもないことを考えているんです。ほんと、どうしたらいいんだろうと思って」

蟹丸はそう言って、肩を落とした。

「わかった。もし、今度、お兄さんから呼ばれたら、あたしもいっしょに呼んで」

と、珠子が言うと、

「それは心強いんですが、兄は呼ぶとき、昨日もそうだったんですが、自分の名前を出さないんですよ。同席してる別のお客の名前とか、料亭の名前だけ言って来られたら、兄だとわかんないでしょう」

「それなら、お座敷に行って、もし、お兄さんだったら、ぜひ珠子姐さんも呼んでくれと頼んでみて」

「ああ、そうですね。わかりました」

蟹丸は、嬉しそうにうなずいた。

「それと、わしのほうからも、雨宮に探りを入れておくよ。町方も千吉が賭場を開いているのはわかっているんだから、目をつけていることは間違いないはずだ」

「あ、それはぜひ。兄も、目をつけられていると思えば、そうそう変なことはできないと思いますので」

「だろうな」

「あたしも、もし、なにかわかったら、隠さずに町方にお話ししますので」

「それも言っておこう。そうしておけば、もし、なにかあっても、あんたがとばっちりを受けることもあるまい」

桃太郎がそう言うと、

「やっぱり相談に来てよかった。ほんと、気が楽になりました」

ホッとしたように言った。

「なんでも相談してね」

珠子も言った。

さらに帰りがけには、

「愛坂さま。その着物、お似合いですね」

と、桃太郎の着物を指差した。例の派手な蝶々柄を着ていたのだ。

「そうか」

「五歳は若く見えますよ」

「…………」

十五歳若く見えるのを期待したのは、図々しかったらしい。

二

蟹丸が帰って、ほとんど入れ違いのように、

「あ、ここだ、ここだ」

珠子の家の前で、素《す》っ頓狂《とんきょう》な声がした。

見ると、そこにいたのは、前に住んでいた長屋の大家の弥兵衛《やへえ》と、住人だったおたけではないか。

「あら、まあ」

これには珠子も、
と、驚いた。

「まあ、桃子ちゃん。ますます、おっかさんに似てきて。ほんと、すでに美人の

面影が出てるもんねえ」

おたけが大声で言うと、

「まったくだ。これは、手土産」

弥兵衛が持って来たのは、長屋の近くにあった菓子屋の饅頭《まんじゅう》だった。

「あら、懐かしい。もう、店を再開したんですね」

「うん、昨日、開店したんだ。あたしのとこは、半月ほど前にね」

「そうでしたか」

「そしたら、さっそく、おたけさんとこも戻って来てくれてね」

大家がそう言うと、

「あたしゃ、もう、あのあたりが懐かしくてさ。それで、すっかり新しくなったから、珠子さんもどうかなって、来てみたわけ」

「そうだったの」

「でも、ここは二階もあるんだね。いい長屋じゃないか」

弥兵衛は家のなかを見回し、悔しそうに言った。

「そうなのよ。弥兵衛さんには悪いけど、ここも住み心地はいいのよ」

「でも、家賃は相当するだろう？」

「ところが、タダ」

と、珠子が言うと、

「ええっ」

おたけは、自分も来たいような顔をした。

「ただし、一年のあいだという約束で、また貸してもらってるの。まだ、あと半年は大丈夫みたい」

半年どころか、中山中山は新川の支援者の酒蔵に住みついていて、半年後も戻って来るつもりはないという。珠子にも、まだまだ使ってくれていい、なにせ愛坂さまには御恩があるから、というようなことを言っていたらしい。

「そうなんだあ。羨ましい」

おたけがそう言うと、弥兵衛はいじけたような顔をした。

「それより、鋼《はがね》ちゃんは元気？」

と、珠子が訊くと、

「元気よ。鋼、こっちにおいで」

「え？　いるの？」

とことこと歩いて来たのは、確かにあの鋼である。

しかも、ここで飼っている黒猫の黒助を抱いている。

「あら、ずいぶんしっかり歩けるのね」

珠子も驚き、桃太郎は愕然《がくぜん》とした。

鋼は這い這いも遅く、ごろごろ転がって動いていた覚えがある。まだ、転がっているような気がしていたので、まさか、こんなにちゃんと歩いているとは想定外だった。

しかも、歩くだけではなかった。

「鋼。ご挨拶は？」

おたけがそう言うと、

「ちわ」

と、鋼はそう言ったのだ。

「ええっ。鋼ちゃん。しゃべれるの？」

珠子も衝撃のあまり、珍しく失礼なことを言った。

「そう。意外に口も早くてね。かーたんとか、まんまとかも言うのよ」

「そうなの」

「わしのことは、ちゃんとおおやって言うんだよ」

と、弥兵衛も言った。

「ほら、鋼。桃子ちゃんだよ。あんたの許嫁《いいなずけ》の」

おたけがそんなことを言うと、珠子と弥兵衛は笑ったが、桃太郎はムッとして、

「馬鹿なことを言うな」

と、思わず言った。

鋼は、桃子がわかったのか、のそのそと桃子に近づき、上がり口から上に這い上がろうとした。

「駄目、駄目。裸足《はだし》で来たんだから」

さすがに、おたけが鋼を抱き上げ、上がるのを阻止した。

「いやあ、愛坂さまもごいっしょだとは、聞いていましてね」

と、弥兵衛は言った。

「まあな」

「愛坂さまのことだから、桃子ちゃんと離れていられるわけがないってね。皆で噂していたんですよ」

「……」

まったく、この連中には何を言われているかわからない。

「この長屋は、とくに変わったことは起きませんか？」

弥兵衛は、起きていて欲しいという願望もあらわに訊いた。

「うむ。起きてないな。だいたい、あんたのとこみたいに、次から次に珍事が出来《しゅったい》したところも珍しいぞ」

「そうですよね。愛坂さまにもあたしのせいだみたいに言われて」

「だが、そうとしか思えないだろう」

「確かにそうですよね。いや、それがですね、じつは……」

弥兵衛がしゃべろうとするのを、

「おい、弥兵衛、そのつづきは言うでない」

と、桃太郎は慌てて止めた。

「え？」

「相談されても、わしは何もできぬ。こっちはこっちで、いろいろほかの面倒ごとがあるのだ。すまんがな」

「ああ、そうですか。いやあ、こういうとき、愛坂さまがいてくれたらなあと言ってたんですがね。ええ、もちろんですよ。わざわざ愛坂さまに来ていただくのが無理なことは承知してますから」

「うむ。悪く思わんでくれ。だが、何があったんだ？」

桃太郎も、頼まれないとわかったら、つい訊いてしまった。なんのかんの言っても、好奇心は人一倍強いのだ。

「ええ。じつはですね、うちの長屋の路地に、立派な松の盆栽が置いてあったんですよ」

と、弥兵衛は言った。

「松の盆栽がな」

「不思議でしょ」

「それだけか？」

桃太郎は拍子抜けしたような思いである。

もっと奇妙なことが起きたのかと思っていた。

「いや、ご覧になればわかりますが、そんじょそこらにあるような盆栽じゃないんですよ。樹齢何百年とか経っていそうな立派なもので、鉢だってなんとか焼きと名前がありそうな高そうなやつです。たぶん品評会などに出したら、金賞なんかもらって、買えば何十両とするようなものですよ」

「新しく入居した者が持って来たんじゃないのか？」

「違います」

「だったら、近所で引っ越して行く者が、邪魔になったんで、置いて行ったんだろう」

「愛坂さま。あのあたりはこのあいだの火事で丸焼けになり、やっと家が建ってきたばかりなんです。引っ越して来る者はいても、引っ越して行く人なんかいませんよ」

「ああ、そうか」

「それに、いくら引っ越すからといって、あんな立派な盆栽を置いていく人なんか、ぜったいいません」

弥兵衛は断言した。

するとおたけも、

「ほんとですよ。うちの良兵衛《よしべえ》も首をかしげてるんです」

と、付け足した。

珠子《こま》はというと、話の邪魔にならないように、桃子と鋼を中庭のほうに連れ出し、独楽を回して遊ばせている。

「なるほど。それは確かに不思議だ」

と、桃太郎は言ったが、それ以上、突っ込んで訊く気にはなれず、

「神さまの新築祝いか」

などと、つまらぬ冗談でお茶を濁した。

それからまもなく、今度は珠子が遊びに行くという約束もできて、弥兵衛たちは帰って行ったのだった。

三

翌朝——。

桃太郎は、昨夜、かんたんな晩飯で済ませたせいもあって、腹が減って目が覚め、魚市場が動き出したところに、朝飯を食べに向かった。

市場は風が吹き抜けて、ほとんど外で食べるようなものだが、それでも魚の身がたっぷり入った熱い汁で食う飯は、冬ならではのうまさである。

すっかり満足して長屋にもどって来ると、

「嘘だろう……」

桃太郎は唖然《あぜん》となった。

長屋の路地のいちばん向こう、井戸の手前に、立派な松の盆栽が置いてあったのである。

桃太郎や朝比奈は、近ごろ競うように盆栽を増やしたりしているが、二人のものではない。だいいち、こんな立派な盆栽など、二人とも持っているわけがない。どれも、樹齢数年という、まだヨチヨチ歩きのような盆栽ばかりである。

あと二世帯あるが、どちらも忙しくて、盆栽どころではない。

桃太郎は近づいて、しげしげと見た。

見れば見るほど見事な盆栽である。長屋に置くのは勿体《もったい》ない。大名屋敷の床の間にあっても恥ずかしくない。

後ろで戸の開く音がした。

珠子が起きて来た。

「あら、おじじさま」

「これ」

と、桃太郎は盆栽を指差した。

「え？」

「さっき、わしが魚市場に飯を食いに出たときはなかった」

路地を見回したわけではないが、こんなものがあれば見過ごすはずがない。

「昨日、弥兵衛さんたちが話していた盆栽ですか？」

「ここにも来たみたいだ」

「まさか、弥兵衛さんが持って来たわけじゃないですよね？」

「弥兵衛が？」

「おじじさまに謎を解いてもらいたくて」

「いや、それでわざわざここまで持って来るなんてことはあり得ないだろう。かなり重さもあるぞ、これは」

高さは一尺と五寸くらいはあるし、枝ぶりの幅も二尺近い。

「そうですよね。何なんでしょう？」

「………」

桃太郎の胸のなかに、黒雲のように不安が湧いた。

弥兵衛長屋と卯右衛門長屋。

共通するのは、どちらも珠子と桃子が暮らしたところ。それと、桃太郎も。

——もしかして、それが理由なのか？

「いちおう、弥兵衛の長屋に行ってみる。何かわかるかもしれないからな」

桃太郎は家には入らず、そのまま甚左衛門町《じんざえもんちょう》に向かった。

坂本町から甚左衛門町までは、距離はさほどでもないが、ぐるっと回る感じになるため、海賊橋、江戸橋《えどばし》、荒布橋《あらめばし》、親仁橋《おやじばし》と、四つの橋を渡ることになる。

親仁橋は焼けなかったが、そこから先の町人地はずいぶん焼けてしまった。それがほとんど新しく建て替えられたので、町全体がやけにきれいに見える。木の香も、まるで木場《きば》あたりに来たみたいに、立ち込めていた。

弥兵衛長屋も、前とほとんど同じ造りで再建されていた。

とりあえず路地をぐると、突き当たりに例の松の盆栽があった。

家の前で、おたけが目刺しを焼いていて、

「あら、愛坂さま。どうなさったんですか？」

「うむ。その盆栽を見に来た」

「そうなんで」

と、おたけは不思議そうな顔をしたので、

「じつは今朝、うちの長屋にも置いてあった」

「まあ」

「これとそっくりだ。同じ人間がつくった盆栽だ」

青みがかった四角い鉢が、そもそも双子みたいに似ている。松の根元に生えた苔《こけ》も、同じ種類に見える。

「何なんですかね」

「さあ。弥兵衛のところに行ってみる。邪魔したな」

桃太郎はそう言って、通り沿いにある下駄屋に向かった。大家の弥兵衛は、下駄屋のあるじでもある。

店はもう開いていて、弥兵衛は店先に看板の大きな下駄をぶら下げるところだった。下駄も焼けて、新しくしたらしい。

「よう、弥兵衛」

「あ、愛坂さま。どうなさったので?」

「うむ。昨日話していた盆栽のことを探ってみることにした」

桃太郎がそう言うと、弥兵衛は嬉しそうに手もみして、

「それはまた、どういうお心変わりで?」

と、訊いた。

「わしの長屋にも、今朝、その盆栽が置いてあった」

「なんと」

「同じ人間がつくったものだ。いま、確かめてきたが間違いない」

「そうでしたか」

「わしがいちばん心配するのは、珠子と桃子に関わりがあることだ。どっちも二人が住んだ長屋だからな」

「なるほど。でも、恨みなどとは違うのでは？　恨みで松の盆栽を置いたりはしないでしょう？」

「それはわからんさ。これから先に、別のことが起きるのかもしれぬ」

「ははあ、そういう手もありますか」

弥兵衛は不安げな顔をした。

「あんたの長屋は、いま、何人住んでいる？」

「申し込みは入ってますが、すでに住み始めているのは、良兵衛の家族と、越後《えちご》屋《や》の手代で京都から来たばかりの米蔵《よねぞう》さんて人だけです」

「半月前に京都からか」

それだと、珠子や桃子にはなにも関わりはないだろう。

四

坂本町にもどると、とりあえず大家の卯右衛門のところに行ってみた。

「あ、愛坂さま。さっき、珠子さんから聞きました」

「うむ。見てみたか？」

「ええ。立派な盆栽ですよね。ここらじゃ、あんなものを持っているのはいないと思いますよ」

「心配なのは、珠子と桃子に関わりがあることだ」

「でも、それを言ったら、関わっているのは愛坂さまかもしれませんよね」

卯右衛門はそう言った。

確かにそうなのである。

「うむ。だが、わしに……」

思い当たることがないとは断言できない。

もしかしたら、目付時代のことで恨みを持たれているのかもしれない。

「ただ、ほかにもそんなことを言っていたような気がするんです」

「ほかにもだと？」

　桃太郎の目が輝いた。

「ええ。やっぱり松の盆栽が置かれてあったと。あれ？　誰だったかなあ」

「それはぜひ、思い出してくれ」

　桃太郎はせっついた。

「そうそう、坂本町の大家の集まりだったんですよ。けっこうな数がいましてね。あのときは、二十人近く出席してたんです。誰だったかなあ。なんせ酒が入って、けっこう酔っ払ってしまいましてね」

「他の出席者に訊いてみればわかるのではないか？」

「いや、確か一対一で話してたことなんですよ」

「二十人を一人ずつ訊くしかないか」

「それが、坂本町だけでも大家をしているのは三十人近くいますし、南茅場町《みなみかやばちよう》からも来ていたりするので、捜すとなると大変ですな」

「だったら、なんとか思い出してくれ」

「わかりました」

　と、腕組みして思い出そうとはしているが、さっぱり駄目らしい。

こういうときの卯右衛門は、少し頭が足りないのではないかと思えてしまう。

すると、卯右衛門は桃太郎の気持ちを察したらしく、

「愛坂さまにも、思い出したくても思い出せないことはありますでしょう？」

と、訊いた。

「それはしょっちゅうだな」

一日に五回は、「ええと、あれはなんだっけかな」と考える。

「そういうときは、どうなさいます？」

「そうだな、〈いろは〉の〈い〉から、ずうっと検討してみたりはするな」

「なるほど。い……ろ……」

最後の〈ん〉までいっても駄目だったらしい。

「ほかに、方法はありませんか？」

「うーむ。なんか、そのときの部屋のようすとかを思い出せないのか？」

「あ、確かあれは、あたしがお膳の卯焼きをつまんで食べようとしたときだったんですよ。向こうから、つつっと来て、あたしの前に座り……思い出しました」

「そうか」

「二丁目の金物屋をしてる甚之助《じんのすけ》さんです」

「よし。連れてってくれ」

と、甚之助長屋に向かった。

「ここです」

造りは卯右衛門長屋より劣るが、ごくふつうの長屋である。

路地を入ると、その盆栽があった。

「あ、同じだ」

一目見て、わかった。

やはり、同じ人間がつくった盆栽が、長屋の路地にそっと置かれているのだ。

「ここにも珠子さんが住んだことが？」

「ない。わしもない」

とりあえず、自分たちに直接、関わりがあるのではないとわかった。

ただ、どういう訳があるのか、ぜひ突き止めたい。

大家の甚之助を訪ねた。

「おお、卯右衛門さん。先日はどうも」

と、甚之助は売り物の鍋を磨きながら言った。

「うん。じつはあのとき言ってた松の盆栽だがね」

「ああ、まだ置いたままだよ。誰も心当たりがないというし、処分するには勿体ないくらいの盆栽だからね」

「うん、見て来たよ。じつは、あたしのところにも来たんだよ」

「卯右衛門さんのとこにも？」

「こちらは、うちの長屋にお住まいの愛坂さまとおっしゃってね、謎ときにかけては天狗並みの知恵をお持ちなんだよ」

と、また始まった。

「それは、それは。で、どういうわけでした？」

甚之助はせっかちなことを言った。

「それはこれから探るのさ」

「なるほど」

三人で、当の盆栽をまた見に来た。

そのとき、長屋のなかほどの戸が開いて、

「待って、長太《ちょうた》、表に行っちゃ駄目だよ。荷車にはねられたりしたら大変だからね」

と、声がして、ヨチヨチ歩きの赤ん坊と、若い母親が出て来た。

桃太郎はそのようすをじっと眺め、

「共通点がわかったぞ。長屋には、ちょうどヨチヨチ歩きの赤ん坊がいるんだ」

と、言った。

五

桃太郎は、もう一度、甚左衛門町の弥兵衛長屋に向かった。

またも桃太郎が来たので、

「ご熱心ですね」

と、嬉しそうな顔をした。

「まあな。それで、さっきは詳しく訊くのを忘れたのだが、盆栽が置かれてから、何か変わったことはなかったか？」

「とくには……あ、そういえば、先ほど岡っ引きの親分が話を訊きに来ました」

「岡っ引きが？」

「ええ。盆栽のこととは言わなかったんですが、なにか変わったことはなかったかい？　と訊かれたので、盆栽が置いてあったことは話しました」

「ほう。それで？」

「すると、その松の盆栽のことをやけに気にする店子はいなかったかい？　とも訊かれました」

「なるほど」

「あたしは愛坂さまのことを話そうかと迷ったんですが、なんかご迷惑がかかるといけないんで、黙ってました」

「気遣ってもらってすまんな」

別に話してくれてもなにも不都合はなかったが、桃太郎は心配りに礼を言った。

「いえ、とんでもない」

「その岡っ引きというのは、このへんの親分かい？」

「いえ、違うんです。呉服町《ごふくちよう》新道《しんみち》の喜団次《きだんじ》という者だと」

「呉服町新道？」

それは、日本橋通一丁目から、お城のほうへ入る細道で、そこの岡っ引きなら、ここらは縄張りではない。だが、あのあたりの親分だと、日本橋周辺の大店《おおだな》などと付き合いがあるはずである。

「わざわざ、あんなところから？　とは訊いたんですが、ちょっとな、とか言って、返事を濁してました」

「そうか」

あとは、とくにないというので、桃太郎は坂本町に引き返した。

昼飯は、卯右衛門のそば屋で食べた。

食べながらも、岡っ引きのことは気になってしまう。

――もしかして。

と、思い立ち、そばを食べ終えてから、昼前に顔を出した坂本町二丁目の大家の甚之助を訪ねてみた。

「あ、これは愛坂さま」

「うむ。たびたび訊ねるが、松の盆栽の件で、岡っ引きが話を訊きに来なかったか？」

「あ、来ました。つい、さっきです」

「そうか。名乗ったか？」

「呉服町新道の喜団次という者だと、十手を見せました」

「それで、どんなことを？」

「何か変わったことはなかったかと」

弥兵衛が言っていたのと同じである。

いきなり松の盆栽のことは訊かない。持って回った訊き方をするのはなぜなのだろう。

「それで？」

「松の盆栽が置いてあったことは話しました。すると、その盆栽のことをやけに気にしている店子はいなかったかい？　と訊かれました」

「いたのか？」

「いいえ。誰も名乗り出る者がいなかったら、あたしにくれという年寄りの店子はいましたが、とくに気にしているようではなかったです」

「そうか」

「愛坂さまは気になさっていたけど、うちの店子じゃないですし、なにも話してません」

「そうか。ありがとうよ」

帰ろうとしたが、思いとどまった。

「すぐそっちにも長屋があるよな？」

あいだに生垣があるが、よく似たつくりの長屋である。

「ええ」

「大家はあんたかい？」

「いえ。そこは、隣の漬け物屋の源兵衛《げんべえ》が大家をしています」

その源兵衛は店先にいた。

「あんたのとこの長屋に、呉服町新道の喜団次という岡っ引きが話を訊きに来なかったかね？」

「呉服町新道の？　なんで、呉服町新道からここに？」

「来なかったんだな」

「ええ。来てませんね」

変なことを訊くもんだというような顔で言った。

——どういうことなのか？

桃太郎は思案をめぐらした。

その岡っ引きは、おそらく松の盆栽が置いてある長屋がわかったうえで訪ねて来ているのだろう。

しかも、直接、盆栽のことは訊かない。勿体ぶった訊き方で、それを気にしている店子がいないかと訊いている。

――ということは、自分が置いたのか。誰かを引っかけようとしているのか。

それにしては、ずいぶん立派なものを使っている。

考えながら歩いていると、

「愛坂さま」

と、南町奉行所の雨宮五十郎と行き会った。

岡っ引きと中間を連れていて、町回りの最中らしい。

「ずいぶん難しいお顔をしてらっしゃいましたね」

「いいところで会った。あんたには、いろいろ話があったんだ」

「そうですか」

「飯は食ったか？」

「ああ。残念ですなあ。ごちそうしてもらえるところでしたか」

「まだだったらな」

「食ってしまいました。それも、まずいうどんを」

「では、口直しに甘いものでも食おう」

と、海賊橋を渡り、江戸橋の近くの甘味屋に入った。岡っ引きと中間は外で待つというので、団子を一串ずつごちそうした。

ここのお汁粉はかなりうまくて、この前、桃子に食べさせたら、いくらでも食べたそうにするので、禁断の食いものを食べさせてしまった気がしたほどだった。

雨宮も一口すすって、

「あ、ここの汁粉はうまいですね」

と、感心した。

「なんなら、おかわりしてくれてもよいぞ」

「いや、そんなには。ところで、話とは？」

「うん。まずは、このあいだの捕物の件だが、殺された重吉の兄が、箱崎の千吉という宿屋のあるじだというのは知っているよな？」

「もちろんです。ただ、あそこは宿屋が本業みたいに言ってますが、愛坂さまもご存じの通り、実態は賭場ですし、今度、人形町でもっと大きな宿屋を始めることになってるんです」

「そこまで知っていたか」

「ええ。千吉ってのは、なかなかのやり手でしてね。いままで、目立たなかったのが不思議なくらいです」

「それで、千吉の妹で日本橋芸者の蟹丸が心配しておってな」

「そりゃあ、肉親なら心配でしょう」

「だが、奉行所でも目をつけているんだな?」

「無論です。やくざに好き勝手はやらせませんぜ」

と、雨宮は息巻いた。

「近々、しょっぴくとか?」

「いや、そこまでは、なかなかやれないんですよ」

今度は顔をしかめ、指で頭を掻いた。

「なぜ?」

「賭場を開いているのはわかっていても、なんせ江戸には数え切れないくらいの賭場がありますしね。よほどひどいイカサマで金を巻き上げているとか、その賭場が善良な住人に迷惑をかけたとかいうと、話は別ですが、そこまでのことがなければ、たいがいは黙視しているんです」

「あまり厳しくしても、庶民の不満がたまるということか」

「まあ、そこらは、上のほうの匙《さじ》加減なんでしょうが」

「では、千吉がもう一軒くらい賭場をつくっても、町方としてはかまわぬと？」

「許すわけではないんですが、いままでも人形町には相応の賭場はあったんです」

「そうなのか」

「それを千吉がいつの間にか、うまく乗っ取ったみたいでしてね」

「ほう」

「まさか、両国《りょうごく》まで手を伸ばす気はないと思うんですがね」

「両国に？」

「両国には、目玉の三次《さんじ》という大親分がいましてね」

「目が大きいのか？」

「いや、目はしじみみたいに小さいのですが、身体中に目玉の彫物を入れてるんです」

「それは気味が悪いな」

「ええ。それで、こいつは子分が五百人くらいいるのではないかというやつで、まさかこいつに楯突《たてつ》こうという気はないと思うんですよ。ただ、人形町というのは、ギリギリのところですよね」

「鎌倉河岸の佐兵衛というのは?」

と、桃太郎はさらに訊いた。

「おや、よくご存じですね。佐兵衛は前から目玉の三次と睨《にら》み合ってきた間柄です。船荷を扱う運送業をしていて、神田川《かんだがわ》界隈を縄張りにしているんですが、川の出口が両国と重なるでしょう。そんなわけで、なんだかんだ、もめごとが起きるんです」

「千吉と佐兵衛が手を組むと?」

「そんな話があるんですか?」

雨宮は意外そうに訊いた。

「ある。二人は、このところ、料亭で会ったりしている」

「そうですか。それはいい話を聞きました。ただ、佐兵衛も三次も馬鹿じゃないですから、町方を怒らせるようなことはよほどでなければしないと思います」

「そうか。それと、もう一つ。呉服町新道の喜団次という岡っ引きは知っているな?」

「ええ。日本橋南じゃ指折りの、やり手の岡っ引きですよ」

「やり手というと?」

「通一丁目から二丁目あたりの大店の旦那衆に、信頼されているというか、可愛がられているというか」

「若いのか？」

「まだ三十ちょっとでしょう」

「若いな」

「元は鳶《とび》で火消しもしていたんですが、金蔵《きんぞう》という岡っ引きの娘婿になりましてね。たちまち、義理のおやじ顔負けのやり手になりましたよ」

「ほう」

「喜団次が何か？」

「いや。知り合いがいろいろ訊かれたというのでな」

「喜団次だったら、あこぎなことはしないと思います。日本橋の旦那衆もそれは許さないでしょうし」

「わかった。さすがに雨宮さんだ。いろいろ助かったよ」

桃太郎が世辞を言うと、

「なあに。ところで、珠子姐さんは元気ですか？」

変に照れたような顔で訊いた。

「どうかな。お座敷に呼んで訊いたらどうだ」

「いやあ、同心風情にそれは無理ですって」

と、なにやらもごもご言いながら、いなくなった。

六

桃太郎は、喜団次の家を訪ねることにした。こうなったら、直接訊いたほうが、話は早そうである。

新道を表通りからまっすぐ入って行くと、鹿児島稲荷《かごしまいなり》という小さな神社がある。

その手前の、間口三間ほどの家がそうだった。

入り口は広い土間になっていて、飲み屋のように縁台がいくつか置いてあり、若い者が四人ほど、将棋を指したりしてくつろいでいる。この連中は、下っ引きとして使われているのだろう。

「喜団次親分はいるかな？」

桃太郎は入口に立って訊いた。

　すると、その若い四人のうちの一人が、

「あっしが喜団次ですが」

　と答えたのには驚いた。

「ああ、あんたが喜団次親分か」

「お武家さまは？」

「わしは、坂本町に住む愛坂桃太郎という者だがな」

「愛坂さま？　もしかして、以前、お目付をなさっていた？」

「そうだが」

「ああ、お噂は伺ってました」

「噂？」

「今日は赤ちゃんは？」

　と、喜団次は、桃太郎の背中のあたりを見るようにして訊いた。

「それか」

「いや、それだけじゃなく、捕物の腕もたいしたものだと」

「わしはただの隠居だ。捕物などしないさ。それより、親分にちょっと訊きたいことがあってな」

「では、どうぞ、上のほうに」

喜団次は、途中だった将棋を駒をかきまぜて中止した。

それから土間を上がって、奥の火鉢を囲んで向かい合った。

「なんでしょう?」

「わしの住む長屋に、今朝、立派な松の盆栽が置いてあった」

「あ」

喜団次は、一瞬、しまったというような顔を見せた。

「その前に、わしが昔住んでいた甚左衛門町の長屋にも、立派な松の盆栽が置かれていたとは聞いていた。わしは、もしかして、わしの孫に関わることなのかと心配した」

「……」

「だが、同じ坂本町でもう一軒、松の盆栽が置かれていた長屋が見つかり、わしの心配は消えた。だが、三つの長屋に共通することを見つけた。それは、ヨチヨチ歩きの赤ん坊がいることだった」

「なるほど」

「さらに、新たな疑問が湧いた。わしのところにはまだ来ていないが、先の二つの長屋には呉服町新道の喜団次親分が来て、なにか変わったことはなかったかと訊いた。大家が松の盆栽のことを話すと、その盆栽のことを気にしているような店子はいなかったかと、さりげなく訊ねたというのだ」

「………」

「そこから、わしは考えた。親分は、おそらくそこに松の盆栽が置かれたことを知っていてやって来たのだろうと。それはなぜかというと、盆栽を置いたのは、親分の手の者だったからだ」

「………」

喜団次はなにも言わなかったが、苦笑いを見せた。

「親分の手の者は、日本橋周辺でヨチヨチ歩きの赤ん坊がいる長屋を探し、いたときはそこに立派な松の盆栽を置いて行った。そして、数日後に、その盆栽のことをやけに気にしているような店子を探した。気にしていたのが、ヨチヨチ歩きの赤ん坊の親だとすると、親分は目的の人間を見つけ出したことになる」

桃太郎がそこまで言うと、喜団次は火鉢のやかんから急須に湯を入れ、二つの茶碗に茶を注いで、

「それで、なぜ、そんなことをするのかと、愛坂さまはあっしのところに訊きに

来られたわけですかい？」

一つを桃太郎に差し出しながら訊いた。

それを一口すすり、

「だが、たぶん言いにくい事情があるのだろうと、わしは思った」

と、言った。いかにも固っ引きが淹れた、苦味の強いお茶である。

「さすがですね」

「もしかして、それにはかどわかしとか、神隠しなんてことがからんでいるのかな？」

桃太郎がそう訊ねると、喜団次はしばらく額に手を当てて考え込み、

「参りましたね。そこまでお見通しでしたか」

と、言った。

「そこまで当たっていたかい？」

「ええ。完全に当たってました」

喜団次は、観念したように認めた。

「かどわかしか？」

「そうなんです」

「町方は動いていないのか？」

「依頼した方が、公《おおやけ》にするのを望んでいないのです」

「だが、赤ん坊の命がかかっているのだろう？」

「そうですが、町方に頼めば、赤ん坊の命が保障されるかといったら、それはわかりませんよね」

「それはそうだ」

「ほかにも、いろいろ事情があるんです」

「だろうな」

「これは愛坂さまに、家を見てもらいながら話をしたほうが、手っ取り早そうです。音羽町《おとわちょう》なんですが」

音羽町というのは、目抜き通りを抜けて、海賊橋に近いほうである。

「よし、行こう」

二人同時に立ち上がった。

七

この通りにはほとんど来たことがない。

店もほとんどなく、料亭や老舗《しにせ》の裏庭の塀がつづいて、歩いても面白い道ではない。

材木河岸《ざいもくがし》が近づいたあたりで、黒板塀ではなく、桃太郎の胸あたりの高さの生垣に囲まれた家があった。二階建ての瀟洒《しょうしゃ》な造りである。庭は三十坪ほどか。目を引くのは、棚に並べられた盆栽が、どれも立派な松ばかりというところだった。

「ははあ」

ここにあった盆栽なのだ。

いったん前を通り過ぎ、少し行ってから、振り返って、

「ぜんぶ松ってえのも異様でしょう」

と、喜団次は言った。

「ほんとだな」

「なんでも、子どものとき、松林が並ぶ海の近くで育ったそうなんで」

「なるほど。それが、子どものときの景色に帰るようで、心地よいわけだ」

「そんなんで言ったら、あっしはニワトリの糞《ふん》のなかで暮らすことになりますよ」

　と、喜団次は苦笑した。

「それでかどわかしの下手人は、この庭を見ていたわけだな」

「ええ」

「パッと来て、すばやくさらったわけじゃないのか？」

「産婆が連れ去ったんです」

「産婆か」

　それではどうしようもなかっただろう。

「産婆はここの赤ん坊を取り上げたあと、江戸からいなくなりました。もともと上方《かみがた》の生まれなので、たっぷり礼金をもらって逃げたんでしょう」

「礼金を？」

「もう一人、手伝いの女が出たり入ったりしていたそうです。あっしは、そっちが本命だと見ています」

「なるほどな」

「女も昼のうちから何度も来てまして、生まれるとすぐ、産婆といっしょに連れ去ったんです。取り上げた部屋は、あの庭の真ん前です」

「当然、松の盆栽は頭に残っている。それで、下手人を洗い出すのに、あの松の盆栽を使ったんだ」

「ご明察」

よく見ると、棚のところどころに空きがある。そこが持って行った盆栽が置かれていたところなのだ。

「大事にしていたのだろうがな」

あれだけ丹精込めて育てたのだ。

「まあね。でも、子どものためですから、嫌とは言いませんよ」

「どのあたりまで探してるんだ？」

「生まれてすぐの赤ん坊だから、そう遠くまでは行けっこないんです。せいぜい四、五町先ってとこでしょう」

「いや、それはおかしいぞ」

と、桃太郎は言った。

「なにがです？」

「長屋にいる女がだぞ、腹も大きくなっていないのに、いきなり赤ん坊を連れて来て、育て始めたら変だろうが。ほかの住人だの、大家だのが怪しんで騒ぎ出すぞ。長屋暮らしというのはそういうものなのだ。それに赤ん坊の乳はどうするんだ？　おしめだっているだろうが？」

「さすがですね、愛坂さま」

喜団次は感心したように言った。

「なにがだ？」

「いや、男はなかなかそこまで思い至りませんよ。赤ん坊を可愛がっておられる愛坂さまはちゃんとわかっている」

「ああ、そうだな」

言われてみれば、自分ほど子育てに詳しい爺いもそういないかもしれない。

「あっしもそこは疑問だったので、調べました。ほかに協力したのがいたんです。産婆の母親でした」

「産婆の母親？」

「取り上げた産婆はまだ二十代で、母親も別のところで産婆をしてました。いったん、母親に預け、三月《みつき》くらい面倒を見てもらってから、本命の手伝いの女に渡しました。産婆の母親もそこで江戸からいなくなりました」

「ずいぶん手がかかっているのだな」

「ええ。相当、練りに練ったしわざです」

「だが、いまも生きているかどうかはわからぬだろう」

赤ん坊は病気もするし、一歳まで無事に育てるのは大変なのだ。

「書置きがあったそうです。赤ん坊は、欲しがっている人に大事に育ててもらうと」

「ほう」

「赤ん坊のことは知り尽くしている産婆と、子どもが欲しくてたまらなかった女が大事に育てれば、ちゃんと成長したんじゃないかと思うんです」

「なるほど。それで、三月くらいの赤ん坊を受け取った本命の女は、自分の子のようにして長屋に連れて来たわけだ」

と、桃太郎は言った。

「そのとき、引っ越して長屋に入ったと思うんです。だから、あっしも、ヨチヨチ歩きの赤ん坊で、その長屋で生まれたんじゃなく、途中で引っ越して来た赤ん坊のいるところに、松の盆栽を置けと、下っ引きに言ったんです」

「ああ、そうか」

珠子は赤ん坊の桃子を連れて、いまの卯右衛門長屋に入った。おたけも、火事が理由だったが、鋼を連れて、弥兵衛長屋に入った。あの坂本町の甚之助長屋の赤ん坊もそうなのだろう。

そこまでは納得したが、

「だが、まだわからぬことがある」

と、桃太郎は言った。

「なにがです？」

「甚左衛門町の赤ん坊と坂本町二丁目の赤ん坊は、男なんだ。だが、わしの孫は女の子だ。かどわかしの赤ん坊が、男か女かわからぬのか？」

「わからねえんです。取り上げるとすぐ、産湯もそこそこに持ち去ってしまったので」

「それと、持ち去ったときは、そう遠くに行っていないというのは納得できる。だが、三月目に赤ん坊を受け取ったら、ここから遠くに行ってしまうのではないのか？　罪の意識があれば、なおさらだろう？」

「それなんです。あっしも考えたのは。ただ、事情をいろいろ考えるとね……」

「事情？」

桃太郎も、肝心なことはまだ聞いていない気がしている。

「じつは……」

と、そこまで言ったとき、

「おっと」

喜団次は慌てて、物陰に入った。

「どうした？」

「あれ」

と、喜団次は顎をしゃくった。

生垣の家から、女が庭に出て来たところだった。

「あれが、赤ん坊を産んだ女です。あっしは、顔を知られてますので」

と、喜団次は隠れたまま言った。

女はすらりとした身体つきで、やや肩が張っている。細面で、高い鼻は、弓のような孤を描いている。口は大きいが、肉感的だった。

「若いな」

と、桃太郎は言った。

「だが、二十歳《はたち》になってます」

桃太郎からしたら、それは十分に若い。若過ぎる。

「妾か？」

「ええ。相手の隠居は、いま六十で、ちょうど四十若いそうです」

「四十違いね」

桃太郎と蟹丸の歳の差といっしょである。なんとも皮肉な話ではないか。

「羨ましいですよね」

と、喜団次が言った。

「あんた、若いだろうが」

「いや、歳を取っても、もてるのは羨ましいですよ」

「だが、四十も違うということは、四十段の石段を登って、そこから飛び降りるようなものなのさ」

この言い回しが気に入っている。

もちろん、それを言うときは、自戒の念がこもっている。

「なるほどね」

喜団次も感心したようにうなずいた。

女は庭の隅に干していたものを取り込んでいる。

すると、家のなかから声がして、白髪《しらが》の男が顔を見せた。代わりに、手ぬぐいを干すように頼んだらしい。

「なんとなく見覚えがあるような気がするな」

と、桃太郎は言った。

「通一丁目にある菓子屋の〈きつね庵《あん》〉のご隠居ですよ。幸右衛門《こうえもん》さんといいます」

「ああ、きつね庵のな」

桃太郎でも知っている老舗である。

稲荷寿司に似せた〈きつね饅頭〉というのが、何年か前に売れに売れて、そのとき店頭に出て、売っていたのではないか。

「幸右衛門さんは、亡くなった正妻とのあいだに、子どもを持つことができませんでした。それで、正妻の親戚筋から養子をもらい、あの店を継がせました。だが、隠居して、この家で妾のきよ江《え》とともに暮らし始めると、きよ江は子どもをはらんだのです」

「見えてきたよ」

　と、桃太郎は苦笑した。

「さすが早いですね」

「妾のきよ江に赤ん坊ができた。当然、幸右衛門はこっちを跡継ぎにしたいだろうと、養子である当代のあるじは疑うかもしれないわな」

「はい」

「それで養子が手を回し、生まれると早々に奪い取ってしまったのではないかと」

「そういうことです」

「ふつうなら、かどわかしだと、大騒ぎをするわな」

「ふつうなら、します」

「町方にも訴えるわな」

「訴えます」

「しなかったんだろう?」

「しなかったんです」

　していれば、そういう噂は聞こえてきたはずである。かどわかしの噂などは、赤ん坊を持つ母親たちに、たちまち伝わるものなのだ。

「それは、こういうわけだ。もしもほんとに当代のあるじのせいだったら、店そのものが廃業にさせられるかもしれない。そうなったら、生まれた赤ん坊を跡継ぎにするどころの話じゃなくなってしまう。だから、町方に頼まず、あんたに依頼したというわけだ」

「そうなんです。ただ、ここんとこは、ちっと事情が変わってきましてね」

「どんなふうにだい？」

「幸右衛門さんも、赤ん坊が見つからないことに業を煮やし、養子の当代がきよ江の赤ん坊をさらったみたいだと、自分で噂を撒いているんです」

「そうか。だが、あんたも赤ん坊がヨチヨチ歩きをするようになってから、こんなことを仕掛けたのかい？　もう少し早く、なにかできなかったのかね？」

「あっしが頼まれたのは、つい十日ほど前なのです。それまでは、青物町《あおものちょう》の錦《きん》次《じ》親分が調べていたのですが、どうにもわからないというので、あっしにお鉢が回ってきたのです」

「そういうことか」

もし喜団次が最初から頼まれていたら、いまごろは無事に赤ん坊を取り戻していたのではないか。一年も経ってしまったら、奇策を用いるのもやむを得ないかもしれない。

「それで怪しいのは出て来たかい？」

と、桃太郎は訊いた。

「まだなんです」

「そうか」

「やっぱり、愛坂さまがおっしゃったように、遠くに逃げちまったんですかね？」

喜団次は自信なさげな顔になって言った。こういうときの顔は、いかにも若者らしい表情である。

「どうかな。産婆やその母親もこのあたりにいたんだよな？」

「ええ。二人とも近所です」

「ならば、ここらになじんでいたのだろう。赤子が欲しくて仕方がなかった女か……」

たぶん、地道な暮らしを送ってきた女ではないか。だとしたら……。

「うむ。そう遠くには行ってないかもしれぬな」

「そうですか。愛坂さまにそう言っていただくと、心強い気がします」

「だが、怪しいのが出てきたとしても、それが連れ去られた赤ん坊だとするのは難しいのではないか」

「女の足取りを追えば、わかるのでは？　なにせ、ほんとに腹が大きくなったことはないのですから」

「別の知り合いの子を預かったとか、捨て子を拾ったとか言ったら？」

「ああ、その手がありますか」

喜団次は頭を抱えた。

隠居の幸右衛門は、一人、庭にいて、盆栽の手入れをつづけていた。

八

「まあ、そんなことがあったんですか」

と、蟹丸が言った。

今日は稽古で珠子のところに来ている。

そのあいだ、桃太郎は桃子を遊ばせていたのだが、終わったころにやって来て、世間話のように松の盆栽の話になっていた。

「結局、喜団次親分は、この長屋に来てませんね」

　珠子が言った。

「それは、ここの筋はないとわかったからな」

「でも、かどわかしの下手人を見つけるためだなんて、思いも寄らないですよね」

「まあな」

「大店なんでしょ。そのご隠居さんのとこっていうのは？」

　蟹丸が訊いた。

　店の名は明かさないまま、だいたいの話は語っていた。

「きつね庵という菓子屋の隠居だよ」

　と、桃太郎は明かした。この二人は売れっ子芸者である。余計なことは言わないという信頼感がある。

「通一丁目の？」

　蟹丸は目を丸くした。

「知ってるのか？」

「いまのあるじの春右衛門《はるえもん》さんは、ときどきお座敷でお会いしてます」

「そうか」

「でも、そんな、かどわかしをやらせる人には見えませんよ」

蟹丸がそう言うと、

「あたしもそう思います」

と、珠子もうなずいた。

「ほう」

珠子の人を見る目には、桃太郎もつねづね感心している。ということは、隠居のほうの疑心暗鬼かもしれない。

「だいたい、最初のところが変ですよ」

珠子はさらに言った。

「最初のところ？」

「いくらお産婆さんでも、そんなにうまく赤ちゃんをさらって逃げられるものかしら」

「そうなのか」

「そりゃあ、お産はへとへとになります。頭もぼんやりしてきます。でも、自分が産んだ赤ちゃんは無事なのかと、ずうっと気になっています。お産婆さんが眉をひそめたりしていないか。びっくりしたりしていないか。ホッとした顔をするのか。ずっと気になっています」

珠子がそう言うと、

「さすが、じっさいに体験した人ならではですね」

蟹丸は感心した。

「もし、お産婆さんが生まれた赤ちゃんを見せてくれなかったりしたら、どうしたんだろうって、ものすごく心配になると思います」

「なるほど」

「もし、赤ちゃんをあたしに見せずに裏のほうに行ったりなんかしたら、大騒ぎしたと思いますよ」

珠子の言うことはもっともである。

話はまったく別の様相を帯びてきた。

「ということは……」

「そのお妾が協力したってことね」

蟹丸がうなずきながら言った。

「しかも、その子は隠居の子じゃないかもしれないな」

桃太郎がそう言うと、

「あ」

珠子と蟹丸は同時に声をあげた。

すると、そばにいた桃子も、

「あ」

と、可愛い顔で真似をした。

「桃子もわかったのか。たいしたもんだな」

と、桃太郎は桃子を抱き上げ、

「となると、その子を育てている女も、きよ江とはつるんでいるから、喜団次が仕掛けたことなども筒抜けだわな」

「そうですね」

珠子はうなずいた。

「松の盆栽なんか見たって、動揺なんかするわけはない。陰で笑っているくらいだろう」

「はい」

「だが、この近くにいることもたぶん間違いない」

「そうなりますね」

「ちと、喜団次のところに行って来よう」

と、桃太郎は立ち上がった。


「きよ江は承知の上……」

桃太郎の話に喜団次は啞然となった。

「そう考えるのがいちばん自然だろう」

喜団次はしばし考えをめぐらし、

「ほんとですね。さすが愛坂さまだ」

と、感心して言った。

「いや、わしも女たちに教えられたのさ。その話はおかしいと」

「そうですか」

「それで、松の盆栽は何か所に置いたのだ？」

「ええと、意外に少ないんですよ」

「そうなのか」

「子どもはヨチヨチ歩きですが、長屋の人間は、だんだん腹が大きくなってきたところを見ていないという条件で選んでますんで」

「なるほど」

喜団次は、土間にいる下っ引きに声をかけ、何か所だったか訊いた。

「いまのところ、十一か所です」

と、下っ引きは答えた。

「わしのところも入れてだな？」

「はい」

喜団次はうなずいた。

ということは、鋼のところも違うから、実質は九か所に過ぎない。

たいした数ではない。

「のう。その九か所を、もう一度、わしに回らせてくれぬか？」

と、桃太郎は遠慮がちに言った。

腕自慢の岡っ引きだけに、屈辱と受け取るかもしれない。

「愛坂さまが？」

「きよ江に似ている赤ん坊がいるかもしれぬ」

「ああ」

「あんたよりは、わしのほうが赤ん坊を見慣れているぞ」

「なるほど。ええ、もちろん、あっしはかまいません」

桃太郎は、桃子を連れて回ることにした。

九

その長屋は、三つ目に回ったところだった。

なんと同じ坂本町で、区画こそ一つ離れているが、八百屋だの豆腐屋などは同じ店を利用しているくらいだった。

確か一度は、海賊橋のたもとで、同じ年ごろの子どもだというので、声を掛け合ったこともあったはずである。

ちょうど、路地から出て来たところで、歩かせていた桃子と、向こうの男の子が、見つめ合ったので、

「何月生まれですかな？」

と、桃太郎は声をかけた。

「うちのは正月生まれなんです」

「いっしょですな」

「そうですか。可愛いお嬢さま。お名前は？」

「桃子というんです」

「あら、可愛い。うちのは洋吉《ようきち》といいます」

そう言った母親が、あの妾のきよ江と顔が似ている。洋吉にもきよ江の面影がある。

――間違いない。

桃太郎は確信した。

「お孫さん？ ですよね？」

「ええ。孫ですよ」

「そうですか。あたしはなかなかできずに、やっと授かったので、可愛くて仕方がないんですよ」

と、母親は言った。

可愛くて仕方がないというのはいかにも本当だが、授かったというとき、微妙な表情をした。

桃太郎は、とくに問い詰めるようなこともせず、そのまま別れ、喜団次のところに行き、この家を見張るよう忠告した。

報告は二日後に、喜団次が自分でやって来て、

「愛坂さま。的中なさいました」

「なぜ、わかった」

「きよ江が来ました」

「であれば、確実だ」

「ええ。うまそうな食いものを届け、赤ん坊を愛おしそうに抱いていました」

「そうか」

その光景を想像すると、罪を咎《とが》める気にはなれない。

「書置きにあった、赤ん坊を欲しがっている人とは、きよ江の姉のことだったのですね」

「うむ」

「だから、きよ江もときどき、ああやって来てるのでしょうね」

「だろうな。だが、これはどう穏やかに解決させるかは難しいぞ」

「そうですよね」

「真実を打ち明ければ、隠居は怒って、きよ江を追い出してしまうか？」

「たぶんね」

「それは、あんたも後味がよくないだろう」

「よくないです。また、あのきよ江ってのが、素直そうで、決して幸右衛門さんを騙そうとしたわけじゃないと思うんですよ」

「相手の男まで調べてみるか？」

と、桃太郎は言った。

「頼まれもしないのにですか」

「それはそうだ」

「しかも、いまは男とも完全に切れているみたいです」

「であれば、わざわざヤブからヘビを出す必要はないか」

「まったくです。悩ましいですな」

「ま、結論を急ぐ必要もあるまい。じっくり考えることだな」

桃太郎は、これ以上、関わるつもりなどない。

心のどこかにきよ江だけでなく、幸右衛門にも同情心があり、あまり可哀そうな結末は見たくなかったのである。

十

それでもやはり気になって、桃太郎は通一丁目のきつね庵を見に行ったりした。

店頭には、うまそうな菓子が並んでいる。桃子にはあまり甘いものは食べさせないように言われているので、朝比奈に買って行ってやろうと、それらを物色した。

一時期、人気だったきつね饅頭がない。

「きつね饅頭はやめたのかい？」

と、店先にいた手代に訊いてみた。

「そうなんですよ。いまの旦那が、ああいう人を騙すような菓子は、やめたほうがいいと言いましてね」

「騙すねえ」

「人気があったのはいっときだけでしたね」

「そうかい」

「手間はやたらとかかるのに、売れ行きはよくないので、やめてよかったです」

「なるほど」

「こっちが老舗の商売ですよ」

手代は自慢げに言ったので、幸右衛門が可哀そうになり、

「わしは好きだったがな」

などと言ってしまった。

いまのいちばん人気という豆大福を買って、朝比奈といっしょに食べているとき、喜団次がやって来て、

「愛坂さま。思いがけない結末になりました」

と、言った。

「どうなったのだ？」

「幸右衛門さんが松の盆栽の手入れをしているのを見るうち、きよ江はなんだかすまない気持ちになって、ほんとのことを打ち明けてしまったんです」

「怒ったか？」

「一瞬はカッとなったそうですが、すぐに許したそうです」

「ほう」

「いまは、わしを裏切ったりしないと信じているし、四十も若い女なのだから、多少の秘密は致し方ないことだとおっしゃってました」

「なるほど」

それは爺いの良識というものだろう。いい歳をして慈悲の気持ちも持てないようなら、馬鹿というしかない。

だが、幸右衛門も切なかっただろうとは思うのである。きよ江に惚れていればなおさらだろう。

「四十段の石段を飛び降りたら、意外に怪我は軽かったというところですかね」

と、喜団次は肩の荷を下ろしたように言った。

「………」

桃太郎は黙ったままである。

第四章　そっぽ向き地蔵

一

今日は師走にしては天気がよく、すっかり晴れて気持ちがいいので、桃太郎は桃子を外で歩かせて遊ぶことにした。

とはいっても、まだまだ桃子の足元は覚束《おぼつか》ない。

鳩が酔っ払ったみたいに、あっちにチョコチョコ、こっちにチョコチョコ、ふらり、ふらりと、危なっかしくて見ちゃいられない。

「おっとっとっと。危ないぞ」

桃太郎も両手を広げ、転びそうになったらすぐに支えられるようにしてついて回る。桃子が鳩なら、桃太郎は羽を広げたニワトリみたいである。

「おっとっとっと。今度はそっちか」

腰を曲げて歩くから、けっこう疲れる。

桃子のほうは、これだけヨタヨタしながら歩いても、まるで疲れないらしく、どんどん前に行く。

「ふう。じいじは疲れたよ」

桃太郎は足を止め、一息ついた。

ここは、坂本町からすぐの山王旅所《さんのうたびしょ》と薬師堂《やくしどう》のある境内である。

荷車も来ないし、急ぎの人も通らない。

まあ、多少転ぶくらいは仕方がない。転び方を学びながら、上手に歩けるようになっていくのだ。

桃子はヨチヨチ歩きで、大きな松の木のほうに行ったが、そこで立ち止まり、なにかをじいっと見ていたかと思うと、やがて手を伸ばした。

――ん？

狂暴な犬でもいたりして、いきなり嚙みつかれたらまずい。あるいは、犬ではなく巨大な鷲《わし》かもしれない。

桃太郎は慌てて駆け寄った。

そこにいたのは、犬でも鷲でもなかった。根方《ねかた》に座っていたので気づかなかったが、そこには男が一人、腰を下ろして休んでいた。傍らには大きな箱が置いてある。荷物運びでもして汗をかいたらしく、上半身裸になっている。首から背中、腕のあたりまで、一面の倶利伽羅紋々《くりからもんもん》。

桃子は、その背中の模様に触っていた。

――おいおい。

江戸の町人には、彫物を入れているのは珍しくないが、ここまでの倶利伽羅紋々はそんなにはいない。

恐怖というのではないが、薄気味悪さに、桃太郎も背筋に寒けが走った。

「お、休んでいたのか。桃子、こっちにおいで」

と、桃太郎は呼んだ。

だが、桃子は小さな手をぺたっと背中の彫物につけている。

そこには、愛らしい仔犬が彫られていた。

周囲は、炎だの、竜だのが、渦を巻くように描かれているのに、真ん中のそこだけには、可愛らしい仔犬。変わった図柄である。

「お嬢ちゃん、ワンワンが好きなのかい？」

と、男が桃子に訊いた。

男は笑顔なので、桃太郎はホッとした。

桃子はそれに答えて、

「ワンワン」

と、言った。

「可愛いワンワンだろ」

と、男がさらに言った。

「かあいい」

桃子は答えた。

「すまんな、休憩中に」

と、桃太郎は言って、桃子の手を取り、手前に引き寄せた。

やはり、祖父としては、親しくしていて嬉しい相手ではない。

「なあに。可愛いお嬢ちゃんですねえ」

と、男は桃太郎を見て言った。

「うむ」

桃太郎は軽くうなずいて、桃子の手を引きながら、男から遠ざかった。

桃子が進む向きをうまく変えながら、

「ほら、こっちだぞ、こっち。おっとっとっと」

境内の端のほうまで来た。

すると、今度は道の左のほうから、見るからにやくざ者という二人組がやって来た。

「ちょいと、お侍さん」

片割れが桃太郎に声をかけてきた。

「なんだな？」

「ここらを箱を背負った六十くらいの男が通らなかったかい？」

いかにも横柄な口調である。年上や武士に対する尊敬などはまるで感じられない。

「箱を背負った男？」

「ああ。どことなく迫力を感じさせる男だぜ」

「ああ、向こうに行ったみたいだがな」

と、桃太郎はしらばくれて右のほうを指差した。

「そうか」

礼も言わず、右に向かった。

その二人が歩きながら話す声が聞こえた。

「六十過ぎても、足は達者なんだ」

「伝説のやくざだからな」

「だが、仔犬の音吉《おときち》が出て来たという噂はほんとだったんだな」

「こりゃあ、一波乱あるのか」

たぶん、さっきの倶利伽羅紋々の男の話だろう。

あいつらは、敵として追いかけていたのではなかったらしい。だったら、教えてもよかったのだろうが、わざわざやくざに親切にしてやることもない。

——仔犬の音吉か。

おそらく彫物に由来する綽名《あだな》なのだろう。

一波乱あるとも言っていた。どうせやくざの世界の話だろうが、桃太郎はなんとなく嫌な予感がして、桃子を抱き上げ、歩き出していた。

二

「三津蔵《みつぞう》さん。まあ、気を落とさずに」

と、卯右衛門が言った。

桃太郎は、遅めの昼食を取るのにそば屋にやって来たのだが、卯右衛門はこっちに背を向けていて、桃太郎が来たのに気づいていない。

若い使用人に、大盛りのざるそばを頼んで待っていると、別に聞き耳を立てたわけではないが、話が自然と耳に入ってきた。

「でも、夜鳴きそば屋にまでみかじめ料を要求されるとは思わなかったよ」

と言ったのは、白髪頭の、見たことのない男である。

「いやあ、逆に夜鳴きそば屋こそ、やくざが喜んでひっついてくるだろう」

とは卯右衛門。

なにやら相談に乗っているような雰囲気である。

「そうなんだよな」

「場所はどこだい？」

「浜町堀《はまちょうぼり》の上流のほうに、緑橋《みどりばし》ってのが架かってるだろ」

「ああ、あるね」

「そこのたもとでやろうと思ってるのさ。うちからも近いからね」

「どっち側のたもとだい？」

「西詰だよ」

「あそこらは日本橋の銀次郎《ぎんじろう》の縄張りかい？」

「それが、目玉の三次のとこの、大銀杏《おおいちょう》の松五郎《まつごろう》ってのが言ってきたのさ。両国周辺は、三次の縄張りでやってきたんだと」

「でも、橋の向こうならまだしも、渡ってるのにかい？」

「橋は駄目なんだと。両国橋が東詰も西詰も目玉の三次の縄張りで、それといっしょなんだとさ」

「ふうん」

「だが、あっしはなんか解《げ》せないんで、銀次郎親分のところに訊いたら、そっちでも緑橋の西のたもとはうちの縄張りだとか始まって、下手すりゃあっしは両方にみかじめ料を払う羽目になりかねないぜ」

「それはひどい話だ」

と、卯右衛門が言ったとき、

「愛坂さま。お待ちどうさまです」

と、若い使用人が大盛りのざるそばを持って来た。桃太郎は店いちばんの得意客だから、使用人も名前を知っている。

「愛坂さま？」

卯右衛門は振り向き、

「なんだ、愛坂さま。いらっしゃってたんですか」

桃太郎の顔を見て言った。

「まあな」

「だったら、いまの話もお聞き及びで？」

「聞こえたけど、なんの話なのかは、よくわからなかったな」

「いえね。この人は、三津蔵さんといって、あっしがまだ子どもだったころ、すでにここで働いていて、独立したのはいつだっけ？」

「もう四十年近く前になるね」

三津蔵は答えた。

「それで、ずっと人形町でそば屋をしてたんですが、今度、店賃を上げるということになって、店は諦め、夜鳴きそば屋をすることにしたんですよ」

「そういうことか。それで、やくざにみかじめ料を要求されているんだな」

「そうなんです」

「でも、銀次郎なら、そうあこぎなこともしないいんじゃないのかい？」

と、卯右衛門は言った。

桃太郎も小さくうなずいた。日本橋の銀次郎とは、直接会って話をしたこともある。珠子の師匠がからんだちょっとした騒ぎだった。銀髪の初老の男で、善人とは言い難いが、昔堅気《むかしかたぎ》で筋は通すやくざだった。

「それが、日本橋の銀次郎も今年の夏ごろに体調を崩して、以前のような迫力はないらしいんだよ。それで近ごろ、人形町あたりは、盃《さかずき》をやったばかりの箱崎の千吉ってのにまかせているんだと」

三津蔵がそう言ったので、

「箱崎の千吉だと」

と、桃太郎は眉をひそめた。

「愛坂さま。ご存じなので？」

と、卯右衛門が訊いた。

「ほら、珠子のところに来てる蟹丸」

「ええ。あの可愛い芸者」

「あれの兄貴なんだよ」

「兄貴？　あれ、蟹丸の兄貴はこないだ殺されたとかいう噂を聞きましたよ」

「それは、二番目の兄貴だ。長兄が千吉なんだよ」

「そうなので」

卯右衛門が納得すると、三津蔵が話をつづけた。

「その千吉ってのがまた、やたらと粋がってましてね。これ以上、目玉の三次の好き勝手にはさせねえ。おれが、大銀杏の松五郎をなんとかしてやるというんです。ところが、大銀杏の松五郎ってのは、以前、相撲取《すもうと》りをしてましてね。将来は三役も確実と言われたくらい有望だったんです。それが彫物なんか入れて相撲部屋を馘《くび》になったんですがね。まあ、強いのなんのって」

「ほう」

「あっしは思わず、あんた、松五郎を知ってるのかい？　と、千吉に訊いてしまいましたよ。身の丈でいったら、一尺以上違うし、目方なら三倍以上違うんですから」

「するとは、不敵にもニヤッと笑いましてね。何度も見かけた、それに馬鹿だってことは、よおく知ってるぜ。と、こう言いましたよ」

「なるほど」

「それは、いつ、始まるかわからんな」

と、桃太郎は言った。これまでは、やくざの縄張り争いなど知ったことではなかったが、蟹丸の兄なので、気がかりである。

「愛坂さま。なにかいい手はないですかね？」

と、卯右衛門が訊いた。

「いい手？」

「みかじめ料を断わるのにですよ」

桃太郎はいつものようにそばを凄い勢いでかっこむと、

「岡っ引きは頼りにならぬのか？」

と、三津蔵に訊いた。ふつう町人たちは、その手のいざこざは近所の岡っ引きに相談する。多少の礼は必要だが、やくざの世話になるよりは安く済む。

「どうも、あのあたりの岡っ引きには、まともに目玉の三次を叱ることができるようなのはいませんね」

「では、雨宮に頼んでみたらどうかな？」

「定町回りの？」

「あのあたりはあいつの担当だろう？」

「そうですが、定町回りの同心さまは、夜鳴きそば屋のみかじめ料の相談になんか乗ってくれないでしょう」

三津蔵がそう言うと、

「いや、この愛坂さまの名前を出せば、かならず動いてくれるよ。いいですか、お名前を借りても？」

卯右衛門は桃太郎に訊いた。

「そんなことはかまわぬが」

「じゃあ、ここを通るのを見かけたら、言っておきますよ」

と、卯右衛門は調子よく請け負った。


「雨宮にな」

三津蔵が帰った後、桃太郎はぽつりと言った。

「頼りになりませんか？」

卯右衛門がニヤッと笑って訊いた。

露骨にならないとも言えないので、

「なるか？」

と、訊き返した。

「まあ、定町回りの旦那なんてえのは、いっしょに回っている岡っ引きと、中間がしっかりしていれば、なんとかなるんですけどね」

「なるほど。では、雨宮についている岡っ引きと中間はどうなんだ？」

雨宮といっしょにいるのは見ているが、ほとんど話したことはない。以前、亀《かめ》次《じ》という岡っ引きがいっしょだったが、あれは箱崎町が縄張りの岡っ引きで、いつもついて回るわけではないらしい。

「岡っ引きはね、以前はそっちの材木河岸のところで豆腐屋をしてましてね」

「豆腐屋を？」

嫌な予感がする。

「けっこううまい豆腐だったんですよ。ところが、雨宮さまがスリを追いかけたときに、その豆腐屋に逃げ込まれて、スリは井戸に落っこちてしまったんです」

「落ちたスリも間抜けだが、落とす雨宮もひどいな」

「豆腐をつくる水を汲《く》む井戸が、スリに汚されてはね。それで、商売はいっきに落ち目になりました」

「可哀そうに」

「雨宮さまもすまないと思ったのでしょう。代わりに十手を与えまして」

「岡っ引きになったのか？」

「ええ。だから、元豆腐屋だけに、調べも柔いと大評判」

「なんだ、それじゃあ、どうしようもないな。中間はどうなのだ？」

「あの中間は名前を鎌一《かまいち》といいまして、前は猿回しだったんです」

「………」

そこで話をやめさせようかと思ったが、つい聞いてしまった。

「雨宮さまが、スリを追いかけて、捕まえたとき」

「雨宮がスリを追いかけたことはあるのか？」

「さあ、どうでしょう。とにかく、そのときはちょうど芸を見せていた鎌一にぶつかってしまいまして、猿が逃げてしまったんです。猿がいなけりゃ、猿回しの商売はできませんよね」

「その代わりか？」

桃太郎は、呆れるというより、うんざりして訊いた。

「ええ。悧巧《りこう》な猿だったんですよ。ちょっとした買い物だって、やれたんですから」

「ほう」

「だから、鎌一じゃなく、猿のほうを中間にしておけばよかったのにと、皆が言ってるくらいで」

「ううむ」

桃太郎は頭が痛くなってきた。

「ただ、雨宮さまは珠子さんに岡惚《おかぼ》れしてますでしょ？」

「明らかにな」

と、桃太郎も苦笑した。

「愛坂さまの名前を出そうものなら、もう認められたくて必死でやると思いますよ」

「雨宮も懲《こ》りないのかね」

と、桃太郎は言った。

「前はいたんですよね。逃げられたんでしょ」

「若くて突飛な娘だったらしいぞ」

「ですよね。ただ、雨宮さまが無類のいい人だというのは、これは百歩譲っても間違いないでしょう」

「いい人ねえ。どうでもいい人じゃないのか？」

桃太郎がそう言うと、

「それはあたしの口からは」

卯右衛門は腹を抱えて笑った。

三

夜になって――。

今宵は珠子のお座敷が急遽、取りやめになったとかで、桃太郎も桃子を預かる必要がなくなり、家で北斎漫画《ほくさいまんが》などをのんびり眺めていると、

「おじじさま。ちょっと」

と、珠子が呼びに来た。

「どうした？」

「いま、蟹丸から連絡が来て、青物町《あおものちょう》の〈時計屋《とけいや》〉で千吉と鎌倉河岸の佐兵衛親分のお座敷に出ているそうなんです」

「時計屋にな」

時計屋というのは、時計を売る店ではない。料亭の名前で、各部屋に立派な時計が置いてあるのが売りになっている。このところ人気の料亭で、珠子もたびたび呼ばれていた。ただ、近いので、ここのお座敷のときは、桃太郎は家で桃子を預かっていた。

「それで行ってやりたいんですが」

「わしも行こう。桃子を連れて行く」

「よろしいので」

「ああ。隣の部屋でも取れたら、盗み聞きでもさせてもらうさ」

そう言って、立ち上がった。

すぐに支度をし、珠子といっしょに、時計屋に着いた。

珠子はすぐにお座敷に入ったが、

「これは珠子の娘でな」

と、桃太郎は、孫がいそうなくらいの年配の女将に話した。

「ああ、噂は聞いてましたよ。おじじさまの溺愛のことも」

女将は微笑みながら言った。

「部屋が空いていれば、わしは客で入るが」

「生憎《あいにく》ふさがっちゃってるんですよ。珠子さんを待つだけなら、帳場の裏でよければ」

「ああ、かまわぬよ」

この一年近く、料亭の帳場の裏は、桃太郎の仕事場みたいなものである。

桃子もすっかり慣れたもので、持って来た手鞠《てまり》で遊んだりして、我が家のようにくつろいでいる。

そのうち、三味線の音色が聞こえてくると、桃子は顔を上げ、

「かあたん」

と、言った。

そばにいた女将が、

「あら。おっかさんの三味線がわかるんですね」

と、驚いた。

「そうなんだよ。ほかの芸者の三味線との違いがわかるみたいなんだ。わしには

さっぱりわからぬのだが」

声はもちろんわかる。それだけでなく、三味線もわかるのだ。

「桃子ちゃんも、珠子さんのような、一流の芸者になるのかも」

「芸者にな」

「あ、すみません。お武家のお姫さまに」

女将はまずいことを言ったと思ったらしく、慌てて言い直した。

「いや、わしは別に芸者が悪いなんて思っておらぬさ」

と、桃太郎は言った。芸で身を立てられるというのは、女たちから見て、羨ましいくらいの生き方かもしれない。

ただ、珠子は芸者にはしたくないのではないか。はっきり訊いたことはないが、なんとなく珠子はそう思っている気がする。

まもなくお座敷が終わった。

先に千吉と佐兵衛が出て行ったので、桃太郎は眠ったばかりの桃子を抱いて、お座敷に行ってみた。

「何かわかったか？」

「駄目でした。肝心の話は先に済ませていたみたいで」

珠子がそう言うと、

「すみません。わざわざお二人に来ていただいたのに」

と、蟹丸は詫びた。

「そんなことはない。わしも鎌倉河岸の佐兵衛の顔は確かめたので、この先、役に立つかもしれぬ」

佐兵衛は、船荷を扱う男らしく、よく焼けた肌と、座りのよさそうな体型の男だった。

「でも、佐兵衛は最後、気になることを言ってましたよ」

と、珠子は言った。

「なんと？」

「なあに大銀杏をやったら、あんたの株はぐんとはね上がるぜと」

「大銀杏をやったらだと？」

「大銀杏ってなんのことです？」

「元相撲取りのやくざで、松五郎という男のことではないかな」

「ああ、いますね」

と、珠子はうなずいた。

だが、それも解せない話である。

「千吉は喧嘩《けんか》は強いのかい？　見た目にはそんなふうには見えないがな」

と、桃太郎は蟹丸に訊いた。

「いえ、そんなことはないと思います。うちのおっかさんも、あの子がやくざになったなんて信じられないって言ってました」

「ほう」

「あたしは、千吉兄さんが家にいたころのことはまったく知らないのですが、重吉兄さんとはまるで違ったそうです。むしろ、いま思えば、重吉兄さんのほうがやくざになっても不思議はなかったって」

「そうなのか」

桃太郎は、母親の話も聞いてみたいと思った。

「ただ、千吉兄さんは、悪知恵はあると思います」

「なるほど」

桃太郎も少年のころから、よくそういうことを言われた。

「変な度胸もあるかもしれません」

「ふむ」

それも、桃太郎は言われた。こいつは糞度胸《くそどきよう》があるから危ないと。

「でも、身体を見てもおわかりでしょうけど」

「うむ」

背はさほど高くないし、筋肉が発達しているでもない。いままで身体を使って生きてきたことはないという、むしろ弱々しい身体つきである。

そこは桃太郎と違う。子どものころから、稽古が少ないわりに強いと言われ、二十歳前後のころは、自分がなぜこんなに強いのかと、不思議に思っていたほどだった。

「やくざって喧嘩が強くなきゃなれませんよね」

と、蟹丸は言った。

「まあ、そうだろうな」

桃太郎は町方ではなかったから、正直、そっちのほうは詳しくない。

「武術だって、やったことないはずだし」

「確かに、どうやって日本橋の銀次郎から盃をもらったんだろうな」

と、桃太郎が言うと、

「あら、千吉さんは銀次郎親分から盃をもらってたんですね」

珠子も初耳だったらしい。

「そうらしいぞ」

「銀次郎親分ねえ」

珠子は小指で頭の横あたりを搔いた。

「どうかしたのか？」

「いえ。昔はずいぶん睨みが利いたそうなんですが、今年の夏、体調を崩して、この前、久しぶりに見かけたら、杖をついていたので驚きました」

「杖をつくほどか」

「まだ、還暦になったばかりのはずですよ」

「そうだったな」

千吉はどさくさまぎれのように、盃をもらったのか。まさか、銀次郎の後釜を狙っているなどということは……。

桃太郎は、なにやら不穏なものを感じてしまう。

四

それからしばらくはなにごともなく、十日ほど過ぎた。

師走も半ばになって、だんだん年も押し迫った感じになって来る。町がなんとなくせわしない。道を歩く人たちも、歩くのが速くなっている気がする。

桃太郎も格別、用事というのはないのだが、どうも落ち着かない。

若く見えるような着物にしているせいもあってか、あまり家でじっとしていたくないのだ。外に出てから、用がなかったことに気づき、町内をぐるりと一周するだけで帰って来たりしては、

「惚《ぼ》けたのか、わしは」

などと、ひとりごちたりもする。

そんなとき、卯右衛門がやって来て、

「愛坂さま。例の三津蔵の件、気になりませんか?」

と、訊いた。

桃太郎が、昼飯でも食いに行くかと、ちょうど外に出たときである。

「とくに気にはならぬが、どうした？」

じつは気になっているのだが、年の瀬を鷹揚に暮らす大人のようでありたい。いい歳して、せかせかしているのは、やはりみっともない気がする。

「いえね。あたしは気になって、昨夜、こっちの店を閉めたあとで、緑橋のたもとに行ってみたんですよ」

「ほう。で、どうだった？」

「三津蔵は、屋台でそば屋をしてました」

「よかったではないか。みかじめ料の件も無事に落ち着いたのかな。そうか、雨宮が意外にいい働きでもしたのか？」

「雨宮さまはそうでもないみたいです」

「あんた、頼んだのだろう？」

「頼みました」

「だったら、何かはしてくれたのだろう？」

「ええ。それなら、三津蔵が屋台をかついで緑橋のたもとまで行くのに、おいらの前をずうっと歩いていけばいいとおっしゃってくれたそうです。それだと、大銀杏の松五郎も、脅したりはしにくいですよね」

「なるほど。だが、ずうっといっしょにいてくれるわけではあるまい」

「ええ。ですが、別れ際に雨宮さまは、また来るからな、と声をかけていってくれるそうです。松五郎もそれを聞けば、三津蔵には近づき難いでしょう」

「ふうむ。それで、松五郎は引き下がったのか？」

「いや、雨宮さまがいなくなるのを待って、物陰から出て来ると、おめえ、町方に助けを求めたりして、どうなるかわかってんだろうなと、ひどく怒っていたそうです。おめえなんか、町方がわからねえうちに、大川の底に沈ませることだってできるんだぜと。そうまで脅されちゃあね」

「で、どうした？」

「そんなとき、ちょうど箱崎の千吉が来たんだそうです。三津蔵が相談すると、だからもうおいらにまかせなと」

「千吉がそんなことを言ったのか？」

「三津蔵も、迷ったみたいですが」

「それで、無事に商売はやっているのだろう？」

「やってはいるんですが、奇妙なことが起きているそうです」

「なんだ？」

「地蔵がそっぽを向くんです」

「……」

桃太郎は、なんと言ったらいいのかもわからない。起きている事態を頭に浮かべることすらできない。

「緑橋の西のたもとに祠《ほこら》がありまして、お地蔵さまが祀《まつ》られているんですよ。それで大銀杏の松五郎が見回りに来ると、そのお地蔵さまが、ぷんとそっぽを向くんだそうです」

「動くのか？」

「動くところを見たわけではないですよ。ですが、お地蔵さまはほんとに横を向いてしまっているそうです」

「どれくらいのお地蔵さまなのだ？」

「それがけっこう大きいんです。これくらいありますかね」

卯右衛門は、自分のへそのあたりを示した。

「そっぽを向いていたのか？」

「あたしが見たときはちゃんと前を向いてましたよ。それは、松五郎が持ち上げて、元にもどしたからだそうです」

「じゃあ、松五郎に対してそっぽを向いたとは限らぬだろうが」

「いえ、松五郎が来るまでは、ちゃんと前を向いていたんだそうです。それで、あいつが来ると、ぷんと」

卯右衛門は、自分でそっぽを向いて見せた。

「悪戯《いたずら》だろう」

と、桃太郎はそっけない調子で言った。

「でも、悪戯でできるような重さじゃないですよ。あれは、松五郎だから一人で持ち上げることができたんで、ふつうの人間なら縛ったりして三人がかりでやるようなことです。そんなことしてたら、誰かが気づくでしょう」

「ふうむ」

「見に行きませんか、愛坂さま？」

と、卯右衛門は言った。

誘っているのだ。それで、桃太郎に謎を解かせたいのだ。

わかっていながら、

「行ってみるか」

と、答えてしまった。

やっぱり物見高いのである。

五

坂本町から浜町堀の緑橋までは、にぎやかなところを通るが、距離としてはたいしたことはない。半里（二キロ）足らずといったところだろう。

「そこです、そこ」

緑橋の東のたもとの下流側。柳の木があり、そのわきに祠があった。

「まだ、新しいな」

と、桃太郎は言った。

上から見ると、三角を四つ合わせたような、方形屋根と呼ばれるもので、前だけが開いていて、ほかの三面は板壁になっている。杉材でつくってあり、まだ木の香もしていた。

そのなかに、石の地蔵があった。

ちょっと太り過ぎではないかと思えるくらい、どっしりとしたお地蔵さまである。

桃太郎はちょっと押してみるが、びくともしない。確かにこれは、三人がかりでないと動かせないだろう。

桃太郎は、ちょうど通りかかった近くの女房らしき女に、

「これが動くらしいな？」

と、訊いてみた。

「そうなんですよ。ここらで威張ってる大銀杏の松五郎ってやくざがいるんですが、そいつを見ると、横を向いちゃうんですよ」

すでに噂になっているらしい。

「あんたは見たのか？」

「あたしは見てませんよ。だって、すぐに松五郎が元に戻しちまうんですから」

「そうか」

「まあ、そのうち罰でも当ててくれるといいんですがね」

と、女は肩をすくめ、小声で嬉しそうにそう言って、去って行った。

「なるほどな」

と、桃太郎は言った。

「ね、ほんとでしょ」

「ああ。三津蔵はまだ来ないか」

「ええ。夜鳴きそば屋ですからね」

暮れ六つ（午後六時ごろ）どころか、ふつうのそば屋が店を閉めるころにやって来るのだろう。

「話を訊いてみたいが」

「ああ、住まいはわかります。行ってみましょう」

と、卯右衛門は歩き出した。

浜町堀を大川のほうに行った久松町《ひさまつちょう》に、三津蔵の家があった。

長屋住まいである。所帯を持ったことはなく、ずっと独り身できたらしい。

「店を持っていたくらいだから、女房の一人くらい養えたんでしょうが、若いときは遊び好きで、いつもぴいぴいしてましたからね」

路地の手前で、卯右衛門はそう言った。

三津蔵は起きたばかりで、井戸端で歯を磨いていた。

「おう、卯右衛門さんに愛坂さま」

「うん。いま、愛坂さまに例のお地蔵さまを見てもらったんだよ」

「そうなんで」

「愛坂さまは、謎解きの名人でな」

「へえ」

「どんな奇妙な謎も解いてしまわれる天狗のようなお方だ」

「て、天狗……」

三津蔵は怯《おび》えたような顔をした。

「あのお地蔵さまは、まだ新しいようだが、いつ、できたのだ？」

と、桃太郎は訊いた。

「お地蔵さまは、前からあったみたいですが、祠は新しいです。あっしが夜鳴きそば屋を始めたあとでできたんですから」

「そうなのか」

そんなに新しいとは、なにか引っかかる。

「それで、お地蔵さまがそっぽを向くというのは、松五郎が自分で気づいたのか？」

桃太郎はさらに訊いた。

「どうなんですかねえ」

「子分もいっしょに来るんだよな？」

「たいがいは一人で来ます。あ、この前は若いのがいっしょで、この地蔵ですね、兄貴が来るとそっぽを向くというのは、と言ってました」

「では、誰かに聞いてわかったわけだな」

「そうですね」

「あんたの屋台は、川を挟んで、地蔵と反対側にあるのだな？」

「ええ」

「あんたは松五郎からなにか言われなかったかい？」

「言われましたよ。おめえがやったのか？　と。あっしが、あんな重いものを持てるわけはありませんから、そう言いました。もちろん、納得はしてましたが」

「それで、みかじめ料のことはどうなった？」

「へえ、とりあえず今月は、松五郎に納めることにしました」

　三津蔵がそう言うと、

「なんだ、払ったのかい？」

　と、卯右衛門は呆れたような声を上げた。

「だって、しょうがないよ。あんなのに脅されちまったら。雨宮の旦那はいい人だけど、頼りにはならないし」

「やっぱりなあ」

と、卯右衛門はがっかりしたように言った。

「それで、箱崎の千吉はなにか言ってるのか？」

桃太郎が訊いた。

「今月は、松五郎に入れたのは仕方がないが、来月からはおれのほうに入れるようにしてやると言ってました」

「ほう」

千吉はどういうつもりでそんなことを言ったのか。

「でも、千吉も怖いですよ」

と、三津蔵は青ざめた顔で言った。

「松五郎よりもかい？」

卯右衛門が訊くと、

「二人に脅されてみな。あっしは千吉のほうが怖かったね」

桃太郎が三津蔵の腕を見ると、彫物でも入れたみたいにくっきりと、黄色っぽい鳥肌が立っていた。

六

次の日——。

桃太郎と朝比奈は、両国広小路にやって来た。

たいした用事ではない。前に桃太郎が習っていた手妻《てづま》の師匠から、久しぶりに連絡が来たのである。それは、

「両国橋西詰の広小路の小屋で、新しい大技を披露しているので、ぜひ見に来てくれ」

というものだった。

「どうする、桃？」

と、朝比奈は訊いた。

じつは、連絡は朝比奈宛に来て、愛坂さまも誘ってくれと但し書きがあったのだ。朝比奈は、桃太郎が一度紹介したことがあるが、きちんと習ったことはない。それなのに、連絡は朝比奈宛というのは、どういうことなのか。たぶん、桃太郎宛に出すより、朝比奈宛に出したほうが、ちゃんと来てくれると踏んだのだ

ろう。

それは当たっていて、桃太郎はしょっちゅう、届いた文を棚に置きっぱなしにして、いつの間にか忘れたりする。

「行かないとまずいだろう。だいたい枯葉の剣は、あの師匠から習った手妻のおかげでできたようなものだからな」

と、桃太郎は言った。

「そうだな」

「しかも、わしは、まだきちんと退会の手続きをしていないのだ」

「まったく、だらしがないな」

「だが、また行くようになるかもしれぬだろうが」

「そうなのか?」

「まあ、それはそうとして、よし、行こう」

と、決まったのである。

師匠というのは、驚愕堂仰天斎《きょうがくどうぎょうてんさい》といって、もともとこの広小路で、自分の小屋を持っている人だった。

ハッタリの利いた大技を得意とする人で、たまにネタがばれるような大失敗もあるが、それも愛嬌《あいきょう》というので、人気のある手妻師である。

今日も、小屋は大入り満員。手妻も大喝采。

新しい大技というのは、口から生きた鳩を出すというものだった。

小屋を出るとすぐ、

「いやあ、ほんとに鳩が出たのには驚いたな」

と、桃太郎は感激して言った。

「まったくだ。隣にいた二人連れの客などは、あれはキリシタンの妖術ではないかなんて言っておったぞ」

「いや、なにか仕掛けはあるのだろうが、一回見ただけではわからんな」

「わしは何度見てもわかりそうもないな」

それはいくつも披露したあとの最後の手妻だった。しゃべっているうちに、ときどき口から鳩の頭が出てくるのだ。それが何度か出たり入ったりしていたら、急にバサバサッと口から鳩が出て、小屋のなかを飛び回ったときは、客は皆、大騒ぎだった。

「あれを習って新しい秘剣にしてはどうかな」

「秘剣にか？」

「そう。向き合って剣を構えたら、口からポッポッと鳩が顔を出すのだ。それで、鳩の全身が飛び出すのを機に、わしの剣も走るというわけだ」

「そりゃあ、驚くだろうなあ」

と、朝比奈は笑った。

「雀《すずめ》でも驚くかな。雀くらいなら、ちゃんと口に入れる自信はあるのだが」

「ううむ。雀じゃ、鳩ほど驚かぬだろうな」

などと話していたら、前方から何人もの人が逃げて来た。

広小路の薬研堀《やげんぼり》に向かうほうに人垣ができ、

「喧嘩だ、喧嘩だ」

などと騒いでいる。

「どうしたのかな？」

「いいよ、桃。そのうち、町方が駆けつけて来るだろう。下手に関わらぬほうがよい」

「それはそうなのだが」

と言いつつ、桃太郎はどうしても好奇心が勝ってしまう性格である。

つい、人垣をかきわけてしまうと、騒いでいるのは武士のようだった。

まだ若い武士が七人ほどいる。派手な元結《もつとい》をつけていたり、羽織が異様に長かったり、見るからに旗本の次男、三男あたりの不良侍たちである。

「おい、留、何人か、見覚えがあるのがいるぞ」

「ほんとだ」

七人は、楊弓場《ようきゅうば》の前でなにやら息巻いているのだが、そのうちの三人は、桃太郎たちが目付のころからいろいろ問題を起こしていたやつらだった。

「だから、女を呼べと言ってるんだ！」

「それが、恐ろしくて逃げてしまいまして」

「どこの女かわかってんだろうが！」

「いやあ、うちも日雇いみたいなかたちで働かせておりましたので。かわりにわたしが、この通り」

と、楊弓場のあるじらしき男が、土下座をして詫《わ》びている。

「お前じゃ、かわりにならねえんだよ」

侍のほうは、皆、酔っているらしい。一人は、刀まで抜いていた。

「どうしたのだ？」

桃太郎は野次馬に訊いた。

「いえね、楊弓をして、的のど真ん中に当たったのに、景品は外側の的のものだと怒っているんです」

楊弓場は、たいがいの盛り場にあって、玩具《おもちゃ》のような弓矢を射て遊ぶものである。水茶屋同様に、若い娘が矢を手渡したりするが、景品をつけているなら、最初の代金も高くしているのだろう。

それにしても、たかだか景品のことでこんな騒ぎを起こすとは、武士の風上にも置けない。

「これはほっとけないだろう」

と、桃太郎が言った。

「そうだな」

朝比奈もうなずいたので、

「待て待て」

桃太郎は、野次馬をかきわけて、揉めごとの中心に割って入ると、

「そなたたち、みっともないことはよせ！」

と、大声で怒鳴った。

「なに、よせだと？」

不良侍たちがいっせいにこっちを見た。

「元目付の愛坂さんじゃないか」

「おや、そっちには朝比奈さんも」

桃太郎と朝比奈を覚えていたらしい。

「お前らまだ、そんなことをしているのか」

「そんなことって、なんですか？　おれたちは商売のいろはも知らない町人どもに、ものの道理を教えているのですよ」

「詭弁《きべん》を弄《ろう》するでない」

「愛坂さま。もう隠居なさったのだから、引っ込んでいてもらいましょう」

「なんだと」

「おれたちも、隠居した年寄りに邪魔をされたら、剣を抜く羽目になりますよ。そんな騒ぎを引き起こしてよろしいのですか」

この男はまだ剣を抜いていなかったが、刀に手をかけた。

「ううっ」

こいつらはさらに性質《たち》が悪くなっていた。

「わしだって、剣を抜く気はないぞ」

桃太郎はそう言って、手のひらを上に向けた。

すると、朝比奈が桃太郎の後ろに近づき、鞘《さや》と鍔《つば》を結んでいたこよりを千切り、鯉口《こいぐち》を切るのがわかった。このあいだ稽古をした秘剣の用意をしてくれたらしい。これが、三十年以上、共に仕事をした仲間の、あうんの呼吸というやつである。

だが、そのとき、

「松五郎が来たぞ」

と、声が上がった。

その登場ぶりといったら圧巻だった。

巨大な松五郎が丸太一本を手に、

「なんだ、なんだ。腐れ侍どもに、この両国ででかい顔はさせねえぞ」

と、言いながら、野次馬をかきわけて来た。

その迫力に、こっちにいた不良侍たちはいっせいに刀を抜いた。

「近寄ると斬るぞ！」

「斬れるものなら斬ってみやがれ」

松五郎はそう言うと、丸太を振り上げて、いちばん近くにいた侍に殴りかかった。

侍は、この丸太に刀を合わせたが、丸太の勢いが強く、刀は丸太に食い込んだまま、手から離れ、次の一振りで肩を殴られ、地面に転がった。

松五郎は、丸太に食い込んだ刀を手で剝ぎ取るようにして、今度は右手に丸太、左手に刀を持って、次に向かった。

「うわっ」

侍たちはすでに逃げ腰である。

が、逃げるわけにはいかず、三人ずつの組になって、松五郎に立ち向かうことにした。

「よおし、かかって来いよ」

松五郎はまったく恐れていない。また、巨体のわりに動きも軽やかである。身体を左右に揺するようにしながら、三人一組の右端の侍にさっと接近すると、屈み込むようにして、丸太で足をすくった。

丸太は刀より一尺以上長い。

侍は足をすくわれて、ひっくり返ると、痛みをこらえながら、地面をごろごろと転がった。みっともないこと、この上ない。

そのわきにいた侍は、正眼に構えたまま、じりじりと後退した。

「これは、松五郎もまずいことになるだろう」

と、朝比奈が言った。

この分では、武士に怪我をさせるどころか、一人二人、死人が出ても不思議ではない。

「いや、ならぬな。武士が七人で暴れて、町人たった一人に懲《こ》らしめられたということになってみろ。武士の大恥だ」

「そうか」

「どうやって、この喧嘩をおさめようか」

桃太郎も考えあぐねた。

そのあいだにも、松五郎は凄まじい強さを見せる。

下がった侍に向かって突進すると、斬ってきた刀を丸太で受けると同時に、侍の胸を足で蹴ったのである。

いくら弱くても、人間がそこまで宙を飛ぶものなのかと驚くほど、侍は背後に吹っ飛び、首のあたりから地面に落ちて、そのまま気絶した。あたりは静まり返り、土埃《つちぼこり》がやけに白っぽく見えた。

「凄い」

桃太郎も呆れる怪力である。

千吉など、松五郎にはただ押されただけで吹っ飛んでしまうだろう。

「松五郎。よさぬか！」

桃太郎は怒鳴り、

「こっちが相手だ」

とまで言った。

「爺さんが？」

松五郎は笑いながら、首を横に振った。

「こう見えても、わしは江戸で五本の指に入る、一刀流の遣い手だ」

三十年前は、というのは省いて言った。

「だったら、相手してやるか」

松五郎がこっちに数歩迫ったとき、

「目玉の三次が来た」

という声がした。

野次馬たちがざわつくのがわかった。

松五郎も、怒らせていた肩を下ろし、周囲を見回した。

両国橋に近いほうにいた野次馬たちをかきわけて、一人の男が姿を見せた。

背は高く、痩せている。切れ長の目は、鋭い光を放っている。

綽名から、どことなく滑稽味《こっけいみ》が漂う男を想像していたが、想像とはまったく違った。

三次は、不良侍や桃太郎にも鋭い視線を当てながら松五郎に近づき、

「どうしたい？」

静かな声で訊いた。

「いや、このお侍たちが、楊弓の景品をくれないと喚いていて……」

松五郎が小さくなって言った。

「気を悪くされたのか？」

「ええ」

三次はうなずき、不良侍たちを見回すと、すぐに誰が頭領格か察したらしい。

頭領格はたしか山内《やまうち》といって、麴町《こうじまち》に屋敷を持つ、寄合に属する旗本の三男坊だった。ねずみ講を企《くわだ》て、桃太郎たちが調べを始めたときは、親がそれを察して、上方に修行と称して逃亡させたこともあった。どうせ修行は半年ほどで終え

たのだろう。

三次はその山内のそばに寄り、小声でなにか一言二言話をした。それから、身体を寄せるようにして、手に何かを握らせたのが見えた。

山内は、手のなかのものを確かめることもせず、

「わかった」

と、うなずき、

「おい、帰るぞ」

ほかの仲間に声をかけ、自分は先に歩き出した。

渡したのは、たいした金ではない。こっちが折れたというのを見せただけなのだ。山内のほうは、三次の迫力に呑まれたのだ。あのまま松五郎に暴れさせていたら、自分たちが叩きのめされるというのもわかっていた。

三次はただ、両国広小路は、誰にも手が出せない自分の世界なのだということを、ここにいる者全員に知らしめただけだった。

さすがに江戸いちばんの盛り場を支配してきた男である。

じっさい、こういうやつが支配しないと、繁栄と平和の両方を立てるのは難しいのかもしれない。奉行所は、平和はともかく、繁栄はつくれない。

桃太郎も三次には一目置いたのだった。

この帰り道――。

駆けつけて来た雨宮たちと出会った。

「両国に駆けつけるところかい？」

「そうなんです。やくざと武士の喧嘩だと聞いたので、人手が足りなくなるかもしれないので」

雨宮は息を切らしながら言った。

「もう済んだよ」

「そうなので」

雨宮は拍子抜けというより、嬉しそうな顔をした。後ろの元豆腐屋と元猿回しも同様である。

「わしも出くわしたので、乱闘に加わろうと思ったら、目玉の三次というのが現われてな、たちまち喧嘩をおさめてしまった」

「ああ、三次が来ましたか」

「たいしたやつだな、あいつは」

「そうなんですよ。この十年、江戸のやくざがおとなしかったのは、三次と日本橋の銀次郎が手打ちをしたからなんです」

「そうなのか」

「ところが、どうも千吉のやつが、とんでもないことをぬかしているらしいんです」

と、雨宮は眉をひそめた。

「なんと言っているんだい？」

「松五郎なんざたいして強くねえ。子分がいるからだ。一対一ならおれが勝つと」

「そんなことを？」

松五郎が暴れるのを見たことがないのかもしれない。あのようすを見たら、そういうことはまず言えない。

「千吉はそれを、わざと松五郎に伝わるようにしてるんです」

「耳に入ったのか？」

「入ったみたいですよ。まあ、松五郎の怒ること。いつでもかかって来いと、千吉にも伝えたみたいです」

「ふうむ」

「どういうつもりなんでしょう？」

「そりゃあ、勝つ自信があるのだろう」

「まさか」

と、雨宮も笑って、

「前にあれが暴れたときは、押さえるのに捕り方が三十人要りました」

「だろうな」

桃太郎も納得である。

では、その自信の根拠はなんなのか。

三津蔵は千吉が怖いと言っていたが、桃太郎もだんだん気味が悪くなってきた。

七

その二日後——。
桃太郎は、蟹丸の母の琴江《ことえ》と会っていた。

会わせてくれと、桃太郎が蟹丸に頼んだのである。千吉という男は、どんなやつなのか、やはりいちばん知っているのは、母親ではないか。むろん、親は子を誤解する。だが、それは起きたことを正しく解釈しないから誤解するので、起きたことだけを他人が聞けば、本当の姿が見えたりするはずなのだ。

母親の琴江は、元の店があった瀬戸物町《せとものちよう》の、裏長屋に住んでいた。大家が昔からの知り合いで、店賃はいらないからと、置いてくれているらしい。食い扶持《ぶち》くらいは、売れっ子になった蟹丸が届けるので、食っていく心配はなくなっているという。

桃太郎が、羊羹《ようかん》の手土産を持って訪ねると、町娘にもどった蟹丸こと千草が、母といっしょに桃太郎を待っていた。

「いつも千草がお世話になってまして」

と、深々とお辞儀をされ、桃太郎は照れてしまう。

蟹丸に似て、ちんまりした可愛らしい顔をしている。

蟹丸は、自分は母が四十二のときの子どもだと言っていたはずである。

ということは、すでに六十になっているはずだが、かなり若く見える。

桃太郎も近ごろは、自分は若く見えると自信を持っていたが、その自分よりも五つくらいは若く見える。

「千吉のことは、ご心配でしょうな」

さっそく本題に入った。

「ほんとに。重吉があんなことになって、さらに千吉はやくざみたいになっていると聞きまして、もう、どうしていいのかわかりません」

やくざみたいにではなく、立派なやくざなのだが、さすがにそれは言いにくい。

「千吉は子どものころは、どんなふうだったのです？」

「あんなふうになるとは、想像もできませんでした。生まれも育ちもこの瀬戸物町ですが、誰かを苛《いじ》めただの、喧嘩しただの、そんなことはいっぺんだってなかったんです」

「ほう」

「身体も弱く、おとなしくて、絵双紙ばかり読みふけるような子どもでした。唄なんかも好きで、すぐに覚えてしまうので、驚いたこともありました」

母の琴江がそう言うと、

「そうだったの」

と、蟹丸は驚いた。

「気のやさしい子だったんです」

「……」

大罪を犯した者の親も、そう言ったりはするのだが、そこはいろいろである。身内と他人の評価もまるで違ったりする。

「ただ、十七、八になると、商いが嫌になったみたいで、それでうちの人と喧嘩をするようになり、飛び出してしまったんです」

琴江はそう言って、つらそうに蟹丸を見たが、

「あたしはまだ、ヨチヨチ歩きのころだったそうで、ぜんぜん覚えてなかったんです」

「なるほど」

「それからも、江戸にはずっといたのですが」

と、母は言った。

「居場所もわかっていたのだな？」

「ええ。だいたい、わかってました。ときおり、あたしが訪ねて行ったりもしました」

ということは、京都や大坂に変なつながりがあったりすることはない。

「正式には、勘当にしたわけではないのかね？」

「してません。親はなかなか勘当なんてことはできないものです」

「だろうな」

と、桃太郎はうなずいた。

正式に勘当となれば、町役人や町名主の許可ももらい、奉行所に書類を提出する。そうなれば、その子は人別帳から外され、無宿の身となってしまう。そこまでするのは、よほどの事情からだろう。

「千吉はいくつになったんだ？」

「重吉より一つだけ上ですから、いまは三十五のはずです」

若いうちにぐれても、いい加減、大人になっている年ごろである。

「だが、なぜ、商いが嫌になったのだろうな」

そこに大きな謎があるような気もする。

「そういえば、突然、金儲けなんかくだらないとか言い出したんです。あのころから、顔つきが急に変わったかもしれません」

と、母の琴江は、遠い目をして言った。

「え？　千吉兄さん、バクチで大儲けしようとしているくせに」

蟹丸が怒って言うと、

「ほんとだよね」

と、琴江もうなずいた。

「あのころから、急に兄弟仲も悪くなったんですよ」

「重吉と喧嘩でもしたのか？」

「どうでしょう。でも、重吉が、この千草を吉原《よしわら》にとか言い出したときも、千吉はものすごく怒ったんです」

「そうなの？」

と、蟹丸は目を瞠《みは》った。

「金はおれがなんとかするとか言ってくれて」

「千吉兄さんが、うちのお金を持ち出したりしたんじゃないの。なにが、なんとかするよ、だわ！」

「そうなんだけどね」

と、母は辛そうにした。

「十七、八で家を飛び出したあとのことで、なにかわかっていることはあるかい？」

「戯作者《げさくしゃ》の弟子になったときもあったみたいです」

だが、子どものころから絵双紙を読んでいたなら、そっちに進んでも不思議はない。

「そのあと、医者にもなろうとしたり」

「医者に？」

それは意外である。

「鍼《はり》も習ったって聞きました」

「鍼を？」

「以前も、おっかさん、鍼打ってやろうかって」

「打てるの？」

蟹丸が信じられないというように訊いた。

「打ってもらわなかったけどね」

「医者になって、兄さん、誰かを助けたいという気持ちもあったのかしら」

蟹丸は首をかしげた。

「そういう気持ちもあったのかもしれぬな。人間の気持ちというのは一色ではない。いろんな色が混じり合うものだ。それはまだら模様のようになっているときもあれば、溶け合って別の色になっている場合もある」

桃太郎がそう言うと、

「わかるような気が」

と、蟹丸はうなずいた。

「面白いのう」

桃太郎はしみじみそう言った。千吉は、かんたんに今後が占えそうな、単純な悪党ではなさそうだった。

八

それから数日後――。

「松五郎が死んだらしいですよ」

と、桃太郎に伝えたのは、南町奉行所の雨宮五十郎である。

桃太郎は卯右衛門のそば屋で昼飯を食べているところだったが、

「げほ、げほ」

ひとしきり噎《む》せて、

「あいつが？」

と、訊き返した。意外である。殺されたって死にそうもない男だった。

「わたしも死に顔を見たわけではないのですが、あのあたりの住人はそう言っているそうです」

雨宮がそう言うと、後ろに突っ立っていた岡っ引きがうなずいた。この男は、元豆腐屋だったか、あるいは猿回しだったか。どっちであっても不思議ではない。

「事故か？　病か？」

「どうも、一対一の決闘がおこなわれて、松五郎が負けたそうです」

「……………」

それがいちばん信じられない。

「誰とやったんだ？」

「箱崎の千吉らしいんですが」

「ああ、それは嘘だ」

桃太郎は苦笑した。

「わたしもそう思うんですが」

「ちと、行ってみよう」

と、桃太郎は立ち上がった。自分で確かめずにはいられない。

「わたしも後で、行ってみますよ」

背中で雨宮の声がした。

冷たい師走の風が吹いているが、襟巻を顔に巻きつけて、桃太郎は足を速めた。

浜町堀沿いに行くと、緑橋のあたりに人が出ている。塊《かたまり》になっているわけではない。数人ずつが、あちこちに散らばっている。それらは皆、派手な着物を着崩した、堅気とは見えないような連中である。

互いに見張り、睨み合っているような、緊迫感も漂っている。

桃太郎は緑橋の上に立ち、周囲を見回した。

とくにおかしなものはない。倒れている者もいなければ、町方が出て検死をおこなっているようすもない。

近所の者らしい年寄りが通りかかったので、

「ここらで死人が出たらしいな？」

と、訊いてみた。

「ああ。そこですよ」

と、年寄りは河岸の右手を指差した。

緑橋が架かるところから上流は、両側とも河岸になっている。そこのなかほどを指し示している。

「死んだのは、大銀杏の松五郎というやくざだそうだな？」

年寄りは、周囲にちらほらいる男たちを見て、

「たぶんね」

と、小声で言った。

「見たのかい？」

「顔は見てませんが、戸板を二枚重ねて、六人で運んで行きました。山のような男です。あんなのは、ここらに松五郎しかいませんよ」

「運んで行った？」

「ええ。目玉の三次も来てましたので、やつの家に入れたのでしょう」

「それは、いつのことなんだ？」

「昨夜ですよ。真夜中でしょう」

「なんで死んだんだ？」

「喧嘩だそうですよ」

「では、ここらは大騒ぎだったろう？」

「そうでもないんです。あたしの家は、すぐそこですが、昨夜は静かなものでしたよ。ただ、そこに夜鳴きそば屋が出てましてね。客が何人かいて、喧嘩のなりゆきを見ていたらしいんです」

「どうだったんだ？」

「あたしも聞いた話ですが、そこのお地蔵さまのところで睨み合い、じゃあ、そっちの河岸でケリをつけようとなったらしいです」

「うむ」

「ただ、松五郎の歩き方がちっと変だったと」

「ほう」

「勝負はかんたんなものだったそうですよ。ぶつかり合ったと思ったら、大きいほうがすぐに倒れたそうです」

「………」

「胸を一突きされたんじゃないかと」

「相手は？」

「箱崎の千吉という、最近、人形町に出張ってきたやくざらしいんです」

「……」

噂は本当らしい。

「でも、これで千吉の株は上がるでしょうね」

と、年寄りは言って、うんざりしたような顔で立ち去って行った。このあたりの古株で、やくざの抗争もずいぶん見てきたのだろう。

桃太郎は、橋から地蔵の祠のところまで歩いた。

地蔵の顔はちゃんとこちらを向いている。だが、昨夜はやはりそっぽを向いていたのではないか。そして、松五郎がいつものように前を向かせたところに、千吉が現われた。

そこから、どういうやりとりになったのかはわからない。

ただ、昨夜は静かだったというのだから、ののしり合いもなかったのだろう。

二人は出会い、まるで約束していたかのように、場所を移して決闘になった。

それは、予想に反し、千吉の圧勝に終わった。

目玉の三次の側は、この件ができるだけ大っぴらにならないようにするだろう。松五郎が、あんなやつにやられたと知られたら、大恥になるはずである。

逆に、千吉のほうでは、方々に噂をばらまくに違いない。

桃太郎は、そこまで考えたとき、

——ん？

解せないことがあるのに気がついた。

このようすは、対岸の三津蔵が一部始終見ていたはずである。ならば、卯右衛門のところに、報せに飛んで来てもおかしくはない。

だが、今日の昼まで、なにも言ってきていないのだ。

——なにかある。

桃太郎は、三津蔵の家に行ってみることにした。

久松町の裏長屋には、この前来たばかりだから迷うこともない。

家の前で、外から声をかけた。

「三津蔵、いるか？」

「……」

返事はない。

ある。

「いるんだろう？」

腰高障子に手の甲を当てた。かすかにぬくもりがある。なかに人がいる証拠である。

戸を開け、なかをのぞいた。

布団が敷いてあり、頭までかぶって寝ている男がいた。

「おい、三津蔵」

桃太郎は、厳しい声をかけた。

「勘弁してください」

三津蔵の声である。

「なにがだ？」

「なんでも勘弁してください」

そういえば、この男は、卯右衛門が自分のことを謎解き天狗だというように紹介したとき、怯えたような顔をしたのである。

あのときすでに、なにやら後ろめたいことがあったのではないか。

「三津蔵。お前、千吉のためになにかやったのだな？」

「なにもしてません」

「いや、やったんだ。それは地蔵がらみのことだ」

「ひっ」

「なにをしたのだ？」

「ほんとに勘弁してください」

泣き声になっている。

桃太郎は蒲団《ふとん》を剝いだ。

「悪いようにはせぬ。正直に申せ」

「無理です、無理ですって」

これほどまでに怯えている男を見ることも、そうそうない。

「あの千吉ってのは怖いんです。あれは、とんでもねえ悪党だ。あいつに睨まれたら、もうおしまいなんですよお」

三津蔵はそう言って、子どものように泣きじゃくった。

九

桃太郎は、翌日にかけて、思案しつづけた。

いったい、どうやれば、松五郎のような怪力の巨漢に、ひ弱な千吉が勝てるのか。お地蔵さまは、そっぽを向くだけでなく、なにかご利益を与えたのか。

こんなにも考えごとにふけったのも久しぶりだった。

朝のうち、珠子に弟子の稽古が入ったので、桃子の面倒を見ることになった。卯右衛門の庭に連れて行くつもりだったが、桃子は歩きたくてたまらないらしい。

そこで、あまり危なくない薬師堂への道を歩かせた。

「おっとっとっと」

やくざの謎よりは、桃子の無事である。

さすがに謎のことは忘れかけた。

「そっちか、桃子」

桃子が立ち止まった。

そこは人形職人の家だった。以前にもこの前を通りかかったとき、桃子はしばらくその作業を見つめつづけた。だから、もちろんその出来上がったばかりの人形は買い与えた。いつものジジ馬鹿だった。

今日もまた、桃子は作業に見入っている。

今日の作業は、色塗りだった。

焼き物の人形に、着物を描いていた。複雑な柄で、何色もの色を使っていた。

――え？

突如として、桃太郎は桃子よりも熱心に、その作業を見つめた。

職人が人形に色を塗っている。前にも後ろにも塗るが、いちいち人形を摑んで、逆向きにすることはない。そんなことをしたら、人形も汚れてしまう。下の台が動くのである。それで裏まで触れずにきれいに色を塗れるのだった。

――これか。

閃いたことがあった。

あの地蔵の祠を思い出してみて、確信した。

桃太郎は、珠子の稽古が終わって桃子を返すと、奉行所の雨宮を探し始めた。雨宮は日本橋の北側が担当である。番屋に顔を出し、雨宮が来たかを訪ねた。回る順番は決まっているので、捕まえるのは難しくない。

小船町《こぶなちょう》の堀沿いで、のろのろとやって来た雨宮に出会った。

「おい、千吉の手口がわかったぞ」

「手口って？」

「あいつが松五郎に勝った手口だよ」

「どうやったので？」

「実物を見せながらやる。来てくれ」

「はあ」

桃太郎は、雨宮たちを連れて、緑橋たもとの地蔵の前に来た。

「よいか。この地蔵はたぶん、こうすると、かんたんに回るのだ」

桃太郎は手をかけ、祠ごと地蔵をぐるりと回した。下は土をかぶせてわからなくなっているが、回る台に載っているのだ。

「ほんとだ」

「祠も横を向いてしまうが、それは横の板をこうやって外して、こちらにおさめれば、地蔵はそっぽを向いたようになる」

「ええ」

雨宮以下、岡っ引きと中間も、こっくりとうなずいた。

「まさか回るとは思わないから、松五郎はこれを持ち上げて、まっすぐにもどした。だが、あの晩は、地蔵がいっそう重くなっていた。おそらくどこかに、そういう仕掛けがあるのだ」

　と、地蔵の裏を探った。

「あった」

　地蔵の背中に、出し入れできるような引き出しがついていた。

「これで、重くしたり、軽くしたりできるのだ。軽いと言っても、ふつうの人間は持ち上げられない。だが、松五郎はできる。そこに、その晩はいっそう重くしてあった。松五郎はどうなる？」

「こうやって持ち上げるんですよね」

　雨宮は、祠のなかに身体を入れるようにして、地蔵に抱きついてみる。

「これは腰を痛めるでしょう」

「そう。腰を痛めたのだ、松五郎は。だから、歩き方もおかしくなっていた。加えて、なにかしたのかもしれぬ。千吉は、鍼を学んだことがあるから、人体のツボを知っている。そのツボを細い鍼で突くようなこともしたかもしれない」

「ははあ」

　雨宮以下二人は、顔を見合わせて、感激した。

「手伝ったのは三津蔵だ」

「あいつ」

「だが、三津蔵に罪をかぶせるのは可哀そうだろう。あいつは、なにも知らず、ただ、地蔵だけを回していたのだ」

「そういうことですか」

雨宮は、しきりに感心している。

「あのな、雨宮さん。あんた、感心しているだけでなく、やるべきことがあるだろうよ」

「なんです？」

「千吉を、松五郎殺しで捕まえたくないのか？」

また蟹丸や母の琴江につらい思いをさせるのだろう。だが、それは仕方がないことなのだ。

「もちろん捕まえたいです。だが、松五郎の側が違うと言っているのだから、どうしようもないですよ」

「違うと言っている？」

「松五郎は、決闘で死んだのではなく、急な病で死んだそうです」

「それは嘘だ」

「ですが、医者の証言もそろえています」

そんなものは、いくらでもでっち上げられる。

「死体をあばいたらどうだ？」

「そのまま埋めてくれていればやりますよ」

「焼いたのか？」

「ご丁寧にね。あれだけ脂を溜め込んでいた身体ですから、さぞかしよく燃えたと思いますよ」

雨宮は珍しく皮肉な台詞《せりふ》を言った。

「なるほどな」

桃太郎は頭を抱えた。

「そこまで千吉は読んでいたんでしょうか」

「たぶんな。かなり悪賢《わるがしこ》いやつだ」

「しかも、千吉のいいように事態は動いていますよ」

「どうした？」

「松五郎の子分が、ごそっと千吉の子分になったらしいです」

「ごそっと？」

「十人ほどですがね」

「目玉の三次にとっては痛手だろう？」

桃太郎が訊ねると、雨宮は苦笑して言った。

「いやあ、目玉の三次が本気になったら、千吉なんか、ひとたまりもないでしょう。子分は五百人以上と言われてますし、背後の日本橋の銀次郎はだいぶ具合がよくないという話ですし」

「……」

これは巨大なやくざの世界で起きたことなのである。

別の世界の住人である桃太郎は、知らぬふりを決め込むしかないのかもしれなかった。三津蔵は泣きながらだったが、桃太郎は薄笑いを浮かべながら。

十

この夜――。

桃太郎は、桃子を背負って、江戸橋を渡っていた。

珠子が料亭の〈百川《ももかわ》〉に入っていて、家で待っていた桃太郎に、若い衆が顔なじみの女将の伝言を持って来たのだ。

「桃子ちゃんの顔が見たいので、連れて来てくださいと。そのかわり、おいしい晩ごはんをごちそうするからと、そう申してまして」

あの女将の誘いなら、断わるのは珠子にとってもいいことではない。

かくして、桃太郎は百川に向かっていた。

江戸橋の上に来たとき、

「あう、あう」

桃子が足をぱたぱたさせ始めた。

「どうした？」

三味線の音が聞こえていた。

橋の下を、屋形船《やかたぶね》がくぐって来るところだった。今宵は雪になるかもしれない。酔狂な客が雪見に繰り出したのだろう。

「あう、あう」

桃子は耳を澄ましているらしい。

「おっかさんじゃないぞ」

珠子は百川にいるのだ。

それでも桃子は気にしている。

――ん？

屋形船が向こうに進むと、屋根のあいだから、なかにいる客が見えてきた。

――あれは……。

船には蟹丸が乗っていた。三味線は蟹丸が弾いていて、桃子はそれもわかったのだ。

ほかに千吉と、そして、なんとあれは仔犬の音吉ではないか。

――千吉と仔犬の音吉がくっついたのか。

久しぶりに現われた伝説のやくざ。

「一波乱あるのか」という言葉が蘇った。

だが、関わってはいけない。桃太郎は自分に言い聞かせる。蟹丸には悪いが、わしはあんなやつらとは別の世界に住む、孫の無事だけを祈る、隠居をしたただのじいじなのだから……と。

この作品は双葉文庫のために書き下ろされました。

双葉文庫

か-29-41

わるじい慈剣帖《じけんちょう》（六）

おっとっと

2021年6月13日　第1刷発行

【著者】
風野真知雄《かぜのまちお》

【発行者】
箕浦克史
【発行所】
株式会社双葉社
〒162-8540 東京都新宿区東五軒町3番28号
［電話］03-5261-4818（営業）　03-5261-4833（編集）
www.futabasha.co.jp（双葉社の書籍・コミックが買えます）
【印刷所】
中央精版印刷株式会社
【製本所】
中央精版印刷株式会社

【フォーマット・デザイン】
日下潤一

ISBN978-4-575-67055-4 C0193
Printed in Japan

風野真知雄　新・若さま同心　徳川竜之助　幽霊の春　長編時代小説〈書き下ろし〉

町内のあちこちで季節外れの幽霊が出た。さらに、奇妙な殺しまで起きて……。大好評「新・若さま同心」シリーズ、堂々の最終巻！

風野真知雄　わるじい秘剣帖（一）　じいじだよ　長編時代小説〈書き下ろし〉

元目付の愛坂桃太郎は、不肖の息子が芸者につくらせた外孫・桃子と偶然出会い、その可愛さにめろめろに。待望の新シリーズ始動！

風野真知雄　わるじい秘剣帖（二）　ねんねしな　長編時代小説〈書き下ろし〉

孫の桃子と母親の珠子が住む長屋に越してきた愛坂桃太郎。いよいよ孫の可愛さにでれでれの毎日だが、またもや奇妙な事件が起こり……。

風野真知雄　わるじい秘剣帖（三）　しっこかい　長編時代小説〈書き下ろし〉

「越後屋」への嫌がらせの解決に協力することになった愛坂桃太郎は、今日も孫を背中におぶり事件の謎解きに奔走する。シリーズ第三弾！

風野真知雄　わるじい秘剣帖（四）　ないないば　長編時代小説〈書き下ろし〉

「越後屋」に脅迫状が届く。差出人はこれまでの嫌がらせの張本人で、店前で殺された男とも深い関係だったようだ。人気シリーズ第四弾！

風野真知雄　わるじい秘剣帖（五）　なかないで　長編時代小説〈書き下ろし〉

桃子との関係が叔父の森田利八郎にばれてしまった愛坂桃太郎。事態を危惧した桃太郎は一計を案じ、利八郎を何とか丸めこもうとする。

風野真知雄　わるじい秘剣帖（六）　おったまげ　長編時代小説〈書き下ろし〉

越後屋への数々の嫌がらせを終わらせることに成功した愛坂桃太郎だが、今度は桃子の母親・珠子に危難が迫る。大人気シリーズ第六弾！

風野真知雄　わるじい慈剣帖（四）　ばあばです　長編時代小説〈書き下ろし〉

長屋の二階から忽然と消えたエレキテル。没収しようと押しかけた北町奉行所の捕り方たちも目を白黒させるなか、桃太郎の謎解きが光る。

風野真知雄　わるじい慈剣帖（五）　あるいたぞ　長編時代小説〈書き下ろし〉

長屋にあるエレキテルをめぐり対立してきた北町奉行所の与力、森山平内との決着の時が迫る！　愛する孫のため、此度もわるじいが東奔西走。

風野真知雄　わるじい慈剣帖（六）　おっとっと　長編時代小説〈書き下ろし〉

日本橋の新人芸者、蟹丸の次兄が何者かによって殺された。悲嘆にくれる娘のため、桃太郎は真相をあきらかにすべく調べをはじめるが……。

風野真知雄　消えた十手　若さま同心　徳川竜之助【一】　長編時代小説

徳川家の異端児　同心になって江戸を駆ける！　剣戟あり、人情あり、ユーモアもたっぷりの傑作時代小説シリーズ、装いも新たに登場!!

風野真知雄　風鳴の剣　若さま同心　徳川竜之助【二】　長編時代小説

憧れの同心見習いとなって充実した日々を送る竜之助の身に、肥後新陰流を操る凄腕の刺客たちの影が迫りくる！　傑作シリーズ第二弾！

風野真知雄　空飛ぶ岩　若さま同心　徳川竜之助【三】　長編時代小説

徳川竜之助を打ち破り新陰流の正統を証明せんと、稀代の天才と称される刺客が柳生の里からやってきた。傑作シリーズ新装版、第三弾！

風野真知雄　陽炎の刃　若さま同心　徳川竜之助【四】　長編時代小説

珍事件解決に奔走する竜之介に迫る、姿の見えぬ刺客。葵新陰流の刃は捉えることができるのか!?　傑作シリーズ新装版、待望の第四弾！